KB072747

Resurrection

레저렉션 1

10000LAB 현대 판타지 소설

초판 1쇄 찍은 날 § 2019년 9월 24일
초판 1쇄 펴낸 날 § 2019년 10월 1일

지은이 § 10000LAB
펴낸이 § 서경석

총괄팀장 § 노종아
편집책임 § 박현성
편집 § 김경민
디자인 § 소소연

펴낸곳 § 도서출판 청어람
등록번호 § 제387-1999-000006호
등록일자 § 1999. 5. 31
어람번호 § 제1-3047호

주소 § 경기도 부천시 부일로 483번길 40 서경B/D 3F (우) 14640
전화 § 032-656-4452 팩스 § 032-656-4453
http://www.chungeoram.com
E-mail § chungeorambook@daum.net

ⓒ 10000LAB, 2019

ISBN 979-11-04-92058-5 04810
ISBN 979-11-04-92057-8 (세트)

도서출판
청람

레저렉션 1

Resurrection

10000LAB 현대 판타지 소설

MODERN FANTASTIC STORY

레저렉션
Resurrection

Contents

제1장

등장

위이이이이이이이잉!

새벽 1시.

아프리카 라크리마 UN군 모르스 주둔지에서 사이렌이 울렸
다.

공습경보다.

의무병이 천막 문을 열어젖히며 외쳤다.

"닥터!"

"가지."

김광석 교수는 기다렸다는 듯 자리에서 일어났다. 의료진이라
곤 의료 봉사자를 포함해도 단 네 명뿐.

하루도 전투가 끊이지 않는 모르스 주둔지의 실태였다.

그들은 다 같이 앰불런스를 타고 총격이 있었던 북측 초소로

내달렸다.

목적지가 가까워지자 운전병이 주의를 주었다.

"만에 하나 총격이 있을 수 있습니다. 모두 고개 숙이고 총격에 대비하십시오."

의료진들의 안색이 창백하게 질렸다.

"…밝음 속에서 어둠을 기억하게 하시고……."

십자가에 입을 맞추며 신을 찾는 이들. 다리를 달달 떨며 안절부절못하는 사람들.

오줌을 지리지 않는 게 다행이었다.

이를 쭉 지켜보던 김광석이 긴장감을 덜기 위해 입을 열었다.

"도착하는 즉시 매뉴얼대로 움직입니다. 알렉스, 외상 처치 매뉴얼."

그러자 하버드에서 레지던트 과정을 밟던 중 의료봉사에 참여하게 된 알렉스 맥케넌이 대답했다.

"현장에선 간단한 1차 처치만 한다! 그 후 후방으로 옮겨 2차 수술을 한다!"

"1차 처치 땐?"

"트리아지 태그(Triage Tag: 응급환자 분류)를 합니다!"

"카드는?"

트리아지 태그를 할 땐 중증도에 따라 네 가지 색깔 카드로 표시를 한다.

카드를 확인한 알렉스가 크게 답했다.

"준비됐습니다!"

그사이.

그들이 탄 앰뷸런스가 현장에 도착했다.

"…지옥이 따로 없군."

만연한 핏자국.

쓰러져 있는 군인들 모두 UN군 군복을 입고 있었다.

"으으으으……!"

"으아악! 사, 살려줘어… 흐흐흑!"

"엄마… 엄마……!"

무슨 일이 있었던 걸까?

너덜거리는 팔을 붙잡고 엄마를 부르짖는 병사, 옆구리가 뚫린 채 쏟아진 창자를 자기 눈으로 바라보고 있는 병사, 삶을 애걸하는 병사, 공포에 질린 병사, 의식조차 없는 이들까지.

창백한 얼굴의 김광석이 차에서 내렸다.

"상황은?"

어두운 표정의 지휘관이 답했다.

"안 좋습니다."

"우리가 분류하겠네. 빨간색, 파란색 카드로 분류된 아군은 건물 안으로 옮겨. 나머진 이송한다."

"옛썰."

현장 지휘관이 경례를 붙였다.

김광석은 폐건물로 들어가 가방을 풀고 응급 환자를 받을 준비를 마쳤다.

그렇게 조금 지나자.

환자들이 들이닥쳤다.

"닥터!"

들것에 누운 환자가 피를 뿜었다.

"상태는?"

"이송되다 말고 돌아온 환자입니다! 혈압 80에 40, 맥박 40, 호흡 8, 체온 31도입니다!"

그 순간.

오르락내리락하던 환자의 가슴이 거짓말처럼 멎었다.

"어레스트(Arest: 심정지)입니다!"

뭘 해볼 새도 없이 숨이 멎은 것이다.

하지만 환자의 사망 판정을 내리는 건 의사. 의사가 사망 판정을 내리지 않는 이상 환자는 소생할 수 있다.

"심폐소생술!"

김광석 교수는 인공호흡을 실시했다. 그리고 심장을 압박하며 꺼진 불씨를 되살리려 했다.

1분도 안 돼서 땀이 비 오듯 쏟아졌다.

"헉, 헉……!"

하지만 그의 노력이 무색하게 환자는 돌아오지 않았다.

병원처럼 제세동기도 없는 상황.

마침내 손을 뗀 김광석 교수는, 눈을 질끈 감았다 뜨며 손목시계를 확인했다.

"사망 시간, 2019년 1월 4일 오전 4시 32분."

의무병이 엉덩방아를 찧었다.

그러나 사망 선고를 내린 김광석 교수는 묵묵히 검정색 카드(T5: 사망)를 발목에 묶었다.

"아직 밤은 끝나지 않았네."

그는 다음 환자를 찾았다.

그 순간.

번쩍!

반사광이 눈을 찔렀다.

아직 잔상이 남은 김광석의 시야로 왼팔에 총상을 입은 병사와, 그 앞에 메스를 쥐고 도사리는 한 남자가 들어왔다.

"어, 어어?"

옆에서 소리치는 의무병.

그때 정체불명의 남자가 총상 환자의 가슴을 향해 메스를 찔러 넣었다.

푸욱!

현장에 나타난 소년.

이도수는 메스 날을 노려봤다.

그 순간 두 눈이 번뜩였다.

샤아아아아아.

살갗을 파고든 메스 끝에서부터 모세혈관들이 퍼져 나가며 비치기 시작했다. 마치 컴퓨터 회로를 반투명으로 그린 듯한 형상.

도수의 입이 열렸다.

"절개 부위는 이렇게……."

중얼중얼.

그의 메스에 힘이 들어갔다.

그리고.

주욱!

칼날을 따라 살결이 갈라졌다.

그 와중에 모세혈관이 몇 가닥 끊겼지만 그는 전혀 개의치 않았다.

어차피 한 가닥의 혈관도 끊어먹지 않고 절개하는 건, 불가능하기 때문이다.

메스에 달린 칼날은 작고 예리했지만, 모세혈관까지 모두 피해 가기에는 너무 크다.

투두둑……!

혈관들이 잘려 나가는 소리.

청각이 아무리 발달한 사람이라도 듣기 힘든 그 소리가 고막을 간지럽힌다.

그러나 도수에게는 익숙한 소리였다.

"후우."

혈관이 잘린 자리로 피가 질질 흐르고 있었다.

출혈(出血)이다.

대부분의 부상자가 죽는 원인.

고작해야 모세혈관이 손상된 것뿐이지만 출혈은 적으면 적을수록 좋다.

사람 몸의 피는 4.5리터가량.

그중 3분의 1인 1.5리터가량이 빠지면 환자는 사망한다.

우유 팩에 바늘구멍을 내고 빈 곽이 될 때까지 기다리는 시간. 그 시간이면 환자는 사망하는 것이다.

따라서 도수는 수술에 속도를 붙였다.

겨드랑이 밑에서부터 옆구리 아래까지.

방금 절개한 부위에 거침없이 손가락을 집어넣고 양손으로 확 벌린 것이다.

쩌억!

피부가 가진 탄력 때문에 손에 압박이 왔다. 벌어진 절개 부위가 스스로 닫히려 발광을 하는 것이다. 도수는 손가락이 부러질 것처럼 경직됐지만 참고, 외쳤다.

"집게!"

그를 멍하니 보고 있던 병사 한 명이 얼음물을 뒤집어쓴 듯 화들짝 놀랐다.

"이게 뭐……."

"빨리!"

뾰족한 외침.

병사는 두리번거리며 김광석을 찾았지만 거리가 너무 멀었다.

"이 사람 죽이고 싶어?"

도수가 물었다.

차분하게 가라앉은 눈빛.

감히 사람 목숨의 무게를 짊어질 엄두를 못 낸 병사는 망설이던 끝에 움직였다. 도수의 허리춤에서 집게를 꺼낸 것이다.

"고정시켜."

건방진 말투.

그러나 병사의 귀에는 들어오지 않았다.

멀리서 김광석이 뭐라고 외치고 있었지만, 그는 덜덜 떨며 환자의 절개 부위를 고정시켰다. 단순히 고정시키는 것만으로도, 기존에 보던 것과 달리 땀이 뻘뻘 났다.

"좀 더 벌려."

침착한 도수의 한마디.

병사가 집게를 쥔 손에 힘을 가하자.

"거기!"

도수가 외쳤다.

손을 멈춘 병사.

"후."

도수는 소매로 땀을 닦았다.

딱 시야 확보가 잘될 만큼 옆구리가 오픈되어 있었다. 그렇다고 해도 안쪽은 온통 피로 물들어 있었다.

이리게이션(Irrigation: 세척)도, 석션(Suction: 흡인)도 불가능한 상태. 최대한의 시야 확보가 이 정도인 것이다.

하지만 늘상 있는 일이었기에, 도수는 당황하지 않았다.

번쩍!

눈이 빛나고.

샤아아아아아.

그의 시야로 다른 어떤 누구도 볼 수 없는 광경이 떠올랐다.

혈관들과 심막, 그 안에 뛰고 있는 심장까지 반투명하게 투시되고 있는 것이다.

처음 절개할 때보다 훨씬 더 집중력을 소모하고 있기에 가능한 일이었다.

'역시 피곤해.'

마치 출혈처럼.

체력이 물 쓰듯 빠져나가고 있었다.

더 집중할수록 투시력은 강해지지만, 이처럼 체력의 소모도 커진다.

도수는 서둘렀다.

서걱, 서걱!

심막이 잘려 나갔다.

동시에.

심막에 고여 있던 피가 빠진다.

심장을 압박하고 있던 원인이 제거된 것이다.

이제 한 고비.

봉합만 잘되면, 환자는 산다.

'봉합.'

도수는 집게를 꺼냈던 허리춤에서 실과 바늘을 꺼냈다. 그 후 정교한 손놀림으로 심막을 꿰매는 게 아닌가?

"아……!"

병사가 신음을 흘렸다.

너무 놀라서 어떤 소감도 형언할 수 없는 것이다.

그사이 심막을 모두 꿰맨 도수는 집게를 잡아 환자의 몸속에서 빼냈다.

"제법이야."

미소 지은 도수가 옆구리를 봉합했다.

자칫 잘못하면 환자를 즉사시킬 수도 있는 심장. 그 심장을 둘러싸고 있는 심막도 꿰매는 마당에, 살을 꿰매는 건 일도 아니었다.

그리고 그제야.

두 사람은 중년 의사의 목소리를 들을 수 있었다.

"어떻게 이럴 수가……."

김광석.

한달음에 달려온 그가 지켜보고 있던 것이다.

환자 가슴이 열린 상태라 차마 말릴 수 없었다. 눈앞의 소년이 큰 실수라도 하면 환자 목숨은 그대로 요단강을 건널 것이기 때문이다.

한데, 아직 20살도 안 되어 보이는 녀석이 환자 왼팔의 총상 외에 심장압전(Cardiac Temponade)을 찾아내고 척척 수술해 버렸다.

민간인, 그것도 동양인의 외모.

정신이 어지러운 와중에도, 김광석은 묻지 않을 수 없었다.

"대체 자넨 누군가?"

*　　　　*　　　　*

"이도수."

"……?"

김광석은 귀를 의심했다.

한국말이었기 때문이다.

"설마 한국인인가?"

도수는 고개를 끄덕였다.

"이곳에 나 말고 한국인 의사가 또 있단 말은 못 들어봤는데……."

"의사 아닌데요."

"뭐?"

"전 난민이에요."

"……!"

김광석은 정신을 차릴 수가 없었다.

"자, 잠깐. 난민 캠프에 살고 있는 그 난민이라고?"

도수는 이번에도 고개를 끄덕였다.

김광석은 기가 막혀 돌아가실 지경이었다.

"의사도 아닌 자가 어떻게……."

총상 환자에게서 눈에 보이지 않는 심장압전을 찾아냈다. 의사라도 검사가 필요한 일을 해낸 것이다. 그것도 수술까지 하고.

"……."

물어볼 게 너무 많아서 오히려 말문이 막혔다.

할 말을 잃은 그에게.

도수가 말했다.

"일단 이 사람부터 옮겨야 할 것 같은데."

수술 중에 출혈이 많았다. 부득이하게 야외에서 수술했으니 감염 문제도 있을 것이다.

환자에게는 수혈과 안정이 필요했다.

고개를 끄덕인 김광석이 넋을 잃고 주저앉아 있는 병사에게 말했다.

"사람을 좀 불러오게."

"…예."

병사가 건물 안을 떠나자 어느 정도 정신을 차린 김광석이 다시 입을 열었다.

"지금 본인이 무슨 짓을 저지른 건지 알고 있나?"

"사람을 살렸죠."

당당한 태도.

김광석은 헛바람을 뱉었다.

"자네는 지금 환자 가슴을 열었어. 의사 자격도 없는 사람이."

"제가 증상을 얘기했다고 믿었을까요? 의사 자격도 없는데."

"……."

도수가 말을 이었다.

"겉보기엔 그냥 총상 환자였어요."

김광석은 인정할 수밖에 없었다. 애초에 총상 환자로 분류해 처치한 의료진의 실수다. 하지만…….

"심장압전을 어떻게 찾아냈지? 의사들도 검사 없이 찾아내기 힘든 걸."

"점점 숨이 차고 창백해졌어요. 가슴을 움켜잡고 괴로워했고 요. 옷을 찢으니 명치 쪽에 시커먼 멍이 보였죠."

"단지 그걸로……?"

"네. 열어보면 정확해지니까요."

"미친 소리!"

김광석은 발끈하지 않을 수 없었다.

"환자가 죽을 수도 있었어!"

"저 아니었으면 그렇게 됐겠죠."

도수는 눈 하나 깜짝하지 않았다.

두 사람이 서로를 쏘아보며 대치하고 있던 그때.

불현듯 UN군 군복을 입은 병사들이 들이닥쳤다.

"닥터! 어떻게 된 겁니까?"

현장지휘관이었다.

김광석은 도수에게서 눈을 뗐다.

"여기 이 친구가 멋대로 수술했네. 일단… 환자는 살려놨어."

"아."

현장지휘관이 도수를 일별하더니 물었다.

"의료진이 아닙니까?"

"그렇네."

"모르시는 분이고요?"

"처음 봤네."

확인을 마친 지휘관은 도수를 턱짓했다.

"연행해."

군인 둘이 다가가 그를 포승줄로 묶었다.

도수는 저항하지 않고 순순히 손을 뒤로 빼줬다.

"수술이 끝났다고 해도 저 사람은 치료가 필요해요."

"자네가 상관할 일이 아니야."

현장지휘관은 까칠했다.

그는 이어서 병사들에게 말했다.

"저항하거나 도주 시 발포해도 좋다."

"옛썰."

도수가 피식 웃었다.

"살려줘도 지랄이구먼."

이번에도 한국말.

따라서 김광석만 알아들었다. 그는, 꽁꽁 묶여 지나쳐 가는 도수를 향해 당부했다.

"자중하는 게 좋을 거야."

나름 걱정해서 한 말인데.

도수는 뒤돌아보며 입꼬리를 올렸다.

"본인이나 신경 쓰시죠."

등 뒤로 묶인 손.

가운뎃손가락이 솟았다.

제2장
신의 손

제2장

속의

덜컹, 덜컹…….

군용차량이 흔들렸다.

맞은편에 앉아 도수를 빤히 응시하던 김광석이 한국말로 불렀다.

"이봐."

도수가 고개를 돌리자.

그가 물었다.

"부모님은?"

"돌아가셨어요."

"아… 미안하군."

"별말씀을."

김광석은 도수의 표정을 훔쳐봤다. 창밖을 응시하고 있는 눈빛이 삭막하고 차갑다.

'쯧쯧. 어린것이……'

내심 혀를 찬 김광석이 물었다.

"언제부터 떠돌았지?"

"열두 살 때부터요."

"…지금은 몇 살이고?"

"열아홉이요."

"7년이나 전쟁터를 전전한 건가?"

7년 전이면 이 땅, 라크리마에 내전이 발발한 시기. 전쟁이 시작되고 계속 떠돌았다는 뜻이다.

도수는 대답 대신 질문을 찔렀다.

"전쟁터를 잘 아세요?"

"무슨 뜻이지?"

"여긴 반군 세력과 인접한 위험지역이에요. 어딜 가든 생지옥이라고요."

"그래서?"

"전쟁터에선, 일단 살리고 보는 겁니다."

자신의 의료 행위를 정당화시키는 것이다.

그러나 잘잘못을 따지는 건 김광석의 소관이 아니었다.

"그 얘긴 주둔지에 가서 하도록 해."

"어련하시겠어요."

고개를 젓는 도수.

아랑곳하지 않은 김광석이 질문을 이어갔다.

"진단법은 어디서 배웠나?"

"아, 그거요⋯⋯."

도수가 두 손이 묶인 채 상체를 기울였다.

귀를 열고 집중하는 김광석.

그런 그를 향해, 도수가 말했다.

"그런 건 주둔지 가서 물어보시죠."

김광석은 맥이 탁 풀렸다. 그전부터 느낀 거지만 보통 까칠한 녀석이 아니었다.

'하긴, 예의라는 걸 배울 여유나 있었을까.'

참는다.

그리고 다시 물었다.

"말장난하지 말고. 메스를 다루는 손놀림이 정교하던데?"

"아아."

도수는 뻔뻔하게 웃었다.

"본능이죠. 포크질하는 법을 배우진 않잖아요?"

"젠장."

김광석은 눈살을 찌푸렸다.

"도무지 대화가 안 되는군. 메스질과 포크질을 비교해?"

그러나 기만은 계속됐다.

"이를테면 이런 겁니다. 운동화 끈이 풀리면 다시 묶어야 한다는 걸 알죠. 어떻게 묶을지도요. 저한테 수술은 그런 겁니다. 환자 상태를 보면 뭘 어떻게 해야 할지 그냥 알 수 있어요."

김광석은 전혀, 조금도 납득이 가지 않았다. 이런 식으로 수술할 수 있다면 전 세계 의사들이 왜 이론을 공부하고 실습을 하겠는가?

"그래, 계속 해보자고. 말하는 걸 보니 이번이 처음은 아닌 것 같은데. 몇 명이나 수술했어?"

"5,271번이요."

"하하하하하하!"

김광석은 웃음을 터뜨리고 말았다.

갈수록 가관이다.

5,271번?

그의 임상경험보다 수십 배는 되는 수치였다.

"그래? 매일매일 하루 2건 이상 수술을 했다고?"

"네."

그래, 어디까지 허풍을 떠나 보자.

그리 생각한 김광석이 물었다.

"그래서 성공 확률은?"

"제로."

"응?"

"단 한 번도 실패한 적 없습니다."

"도저히 못 들어주겠……."

덜컹!

김광석이 들썩였다.

차량이 멈춰 선 것이다.

곧 문이 열리고, UN군 병사들이 모습을 드러냈다.

"대화 즐거웠습니다."

짙은 미소를 띤 도수는 군인들 손에 이끌려 차에서 내렸다.

말을 하다 만 김광석은 입을 닫았다.

"뭐 저런 놈이 다 있어?"

5,271회 수술?

성공 확률 100%?

설령 성공 확률이 높은 환자만 골라서 수술했다고 해도, 절대 불가능한 수치였다.

사람 목숨은 예측 불허이기 때문이다.

더구나 의사도 사람. 원숭이도 나무에서 떨어질 때가 있는 법이다.

"조사해 보면 다 밝혀질 일이지."

김광석은 느긋하게 그들을 뒤쫓았다.

              *   *   *

UN군 주둔지에 도착한 도수는 곧장 취조실로 연행됐다.

그리고 머지않아 상사 한 명이 들어왔다.

"바실 프롬리 상사일세."

"이도숩니다."

맞은편에 앉은 바실 프롬리 상사가 조서를 꺼냈다.

"지금까지 있었던 일들을 생각나는 대로 자세히 적게. 자네 신원을 확인해 줄 난민촌 친구들 이름도."

"언제 적 일부터 적죠?"

"기억이 시작된 순간부터."

"좀 긴데요."

"시간은 많아."

도수는 한숨을 내쉬었다.

안 그래도 능력을 써서 기운이 빠진 상태.

쉬고 싶었지만 펜을 집어 들 수밖에 없었다.

사각, 사각……

정적 속에서 시간이 흘렀다.

그동안 바실 프롬리는 종종 시계를 확인하며 기다렸다. 그리고 점심, 저녁 식사를 취조실에서 모두 마친 후에야 조서가 완성됐다.

"다 됐습니다."

도수가 조서를 넘겼다.

이를 받아 쭉 훑은 바실 프롬리가 고개를 들었다.

"생각보단 짧군."

"기억나는 건 다 적었어요."

"열두 살 때 부모님의 죽음을 직접 목격하고 그 후 7년간 전쟁터를 전전하며 사람들을 치료해 왔다?"

"네."

"반군도 치료했나?"

바실 프롬리의 시선이 고요하게 압박해 왔다.

그러나 도수는 꿈쩍도 하지 않고 대답했다.

"그럴 시간이 없었습니다. 처음에는 하루 한 명, 가벼운 열상 환자도 치료하기 힘들었어요. 좀 수완이 생긴 후에야 하루 두세 명, 제가 치료할 수 있는 부상당한 환자들만 치료했습니다."

"흠……"

미심쩍은 시선을 보내던 바실 프롬리가 말했다.

"일단 여기 적은 자네 친구들에게 신원을 확인할 때까지 구류될 거야. 그 후 자네의 무면허 의료 행위에 관한 처분을 내릴 걸세."

"좋으실 대로."

도수의 얼굴에는 조금의 두려움도 없었다.

바실 프롬리는 그 모습에 위화감을 느꼈다.

'이런 어린 소년이 어떻게 아무렇지 않을 수 있지?'

처음 들어온 순간부터 이상했다. 조사실에 도착하자마자 겁부터 먹었어야 할 어린애가 너무 태연했기 때문이다. 만약 적이라면 시간이 지날수록 본색을 드러내야 하는데, 장시간 조사를 받으면서도 전혀 변화가 없었다.

"뭐, 조사해 보면 알겠지."

바실 프롬리는 그렇게 결론을 내렸다.

한편, 취조실에서 끌려 나간 도수는 유리창을 통해 심문 과정을 지켜보고 있던 김광석과 맞닥뜨렸다.

핼쑥해진 도수의 얼굴을 본 김광석이 물었다.

"…괜찮나?"

허풍쟁이에 싸가지 없는 꼬마 녀석이긴 하지만.

자식 같은 어린애가 구류당하게 된 것만으로 충분히 보기 불편했다.

그러나.

파리한 안색의 도수.

그의 얼굴에 미소가 피어올랐다.

"그럼요. 저는 곧 풀려날 테니까요."

*　　　　*　　　　*

'이도수 사건'을 맡은 바실 프롬리는 도수가 써준 명단을 갖고
난민촌을 찾았다.

헤아릴 수 없이 많은 난민들.

'어떻게 수소문을 한다.'

담배를 꺼뜨리며 한숨을 내쉰 바실 프롬리는 본격적으로 임
무에 착수했다. 그는 맨 처음, 천막에 기대어 앉아 있는 노파에
게 가서 물었다.

"혹시 솔로몬 밴디란 분을 아십니까?"

단번에 찾을 수 있으리라고는 기대도 안 했다. 그런데.

"솔로몬은 왜 찾으시오? 우리 촌장이라오……."

"촌장님이요?"

바실 프롬리도 어렴풋이 들은 기억이 났다. 공권력은 없지만
난민들이 그들끼리 의존하는 존재가 있다고.

"솔로몬 밴디란 분이 촌장님이셨습니까?"

"그렇다오. 촌장이 지내는 곳은… 저쪽이오."

노파가 쭈글쭈글한 손가락으로 가리킨 곳.

다른 천막과 다를 바 없는 허름한 곳이었다.

"여쭤보지 않았다면 고생할 뻔했습니다. 감사합니다."

공손하게 인사한 바실 프롬리는 촌장이 머문다는 천막으로
갔다.

천막을 걷자.

흑인 한 명이 책을 읽고 있는 게 보였다.

'이 전쟁 통에 독서라니. 한가롭군.'

바실 프롬리는 내색하지 않고 말을 붙였다.

"안녕하십니까?"

"……."

고개를 드는 흑인.

"군인 양반이 날 찾을 일이 없는데."

책을 덮은 그가 물었다.

"무슨 일이오?"

묵직한 분위기.

잠시 기가 눌려 있던 바실 프롬리가 아차 싶어 용건을 꺼냈다.

"아! 혹시 솔로몬 밴디 촌장님이 맞으십니까?"

"그렇소만."

흑인, 솔로몬 밴디가 고개를 끄덕이자 바실 프롬리가 덧붙였다.

"이도수라는 소년을 아시나 해서… 이렇게 찾아왔습니다."

분위기가 변했다.

솔로몬 밴디의 눈빛이 돌변한 것이다.

"그에게 무슨 일이라도 있소?"

감정이 뚝뚝 묻어나는 말투였다.

절로 긴장이 된 바실 프롬리는 조심스럽게 접근했다.

"그게, 의사 면허도 없이 부상자들을 수술하다 발각돼서 현재는 구류된 상태입니다."

"휴……!"

솔로몬 밴디는 안도의 한숨을 내쉬었다. 마치 하늘이 무너질 뻔한 사람처럼.

"다행이군. 정말 다행이야."

"…다행인 겁니까?"

구류되어 있다는데 다행이라고?

선뜻 이해가 가지 않았지만, 솔로몬 밴디는 희미한 미소를 지으며 대답했다.

"살아는 있잖소."

그러고는 상체를 내밀며 진지하게 물었다.

"내가 뭘 도와주면 되겠습니까?"

바실 프롬리는 뭔가 이상하게 돌아간다는 느낌을 받았지만, 원래 이곳에 온 목적을 말했다.

"실은 그 소년에 대해 알아보러 왔습니다. 반군에서 보낸 첩자일 수도 있으니까요."

"하하하하하하!"

천막이 들썩일 만큼 큰 웃음을 터뜨린 솔로몬 밴디가 고개를 저었다.

"그럴 리가? 나를 비롯해 이곳 난민들 모두 그를 위해서라면 기꺼이 목숨이라도 바칠 텐데."

"예?"

바실 프롬리가 깜짝 놀라 물었으나.

솔로몬 밴디는 바로 대답해 주지 않고 천천히 자리에서 일어났다.

"목마르지 않소?"

"아… 마릅니다. 그보다……."

"기다리시오."

말을 자른 솔로몬 밴디는 물을 한 잔 내왔다.

"워낙 궁색해 드릴 게 이것뿐이오."

"아닙니다. 그보다 방금 뭐라고 하셨는지."

"그를 위해서라면 우리 모두 목숨을 바칠 수 있다고 했소."

"……!"

잘못 들은 게 아니었다.

이쯤 되자, 바실 프롬리는 궁금증을 참기 힘들었다.

"어째서입니까? 대체 그 소년이 무슨 일을 했기에 마을 사람들 모두가 목숨을 바칠 수 있다는 겁니까?"

"그가 지금 잡힌 이유라고 생각되는데."

"…예?"

점점 알아들을 수 없는 선문답.

솔로몬 밴디는 빙그레 웃으며 설명을 이어갔다.

"도수는 마을 사람들을 돌봐주었소. 다친 사람도, 지병이 있던 사람도 치료를 받았지. 이 난민촌에, 가족 중 한 명이라도 그 소년의 손을 거치지 않은 사람은 없을 거요."

"그… 그게 정말입니까?"

"그렇소."

솔로몬 밴디는 바실 프롬리가 방금 목을 축인 물잔을 눈짓하며 말을 이었다.

"당신이 단숨에 들이켠 그 물은 내가 오늘 구할 수 있었던 유일한 식수였소. 하지만 그를 도와줄 수 있는 당신한텐 기꺼이 내 줄 수 있지. 그는 우리에게 이런 존재입니다."

"……."

"인간은 누구나 자기가 먼저라오. 하지만 상대가 같은 인간이 아닐 땐 얘기가 달라지지. '나'보다 먼저 생각할 수 있는 존재가 있다면 그 존재는 더 이상 타인이 아니지 않겠소? 다치고 병든 난민들을 단 한 번의 실수 없이 모두를 치료해 준 이도수는 우리에게 인간 이상의 가치가 있소."

바실 프롬리는 얘기를 듣고도 믿기 힘들었다.

"한 번의 실수도 없이 모든 사람을 치료했다고요? 그 소년이 무슨 신이라도 된답니까?"

"아니, 그는 신이 아니오."

진지하게 고개를 저은 솔로몬 밴디가 말했다.

"죽을 사람을 살려내진 못했으니까. 하지만 분명한 건… 그 자신이 살릴 수 있는 모든 사람들을 살려냈다는 것이오. 그것도 수백 명을."

"아……."

"앞으로 수백, 수천 명의 난민들을 더 살릴 수 있는 한 사람. 그리고 내 목숨. 무엇이 더 소중하겠소?"

제3장

협상

주둔지로 복귀한 바실 프롬리는 사령관 할리 무어 장군을 만났다.

그러고는 목판 하나를 건넸다.

"이게 뭔가?"

할리 무어가 묻자 바실 프롬리가 고개를 흔들었다.

"전부 광신도들인 줄 알았습니다. 보시다시피 그들 모두 피로 연판장을 새겼습니다. 이도수를 석방시켜 달라는 일종의 탄원서를요……."

"허."

할리 무어는 헛바람을 뱉으며 김광석을 보았다.

"닥터, 그 소년을 처음 발견한 당신이 얘기해 보시오. 이게 어떻게 된 일입니까?"

김광석이라고 알 리 없었다.

"글쎄요……."

그때, 바실 프롬리가 입을 열었다.

"난민 수백 명을 치료했답니다. 혼자서요."

김광석이 눈을 부릅떴다.

'그럼 그 말이…….'

차 안에서 나눈 대화가 사실이란 말인가?

"전부 다 치료했답니까? 그러니까, 실수도 안 했고요?"

"지금 그게 중요합니까?"

할리 무어 장군이 말을 잘랐다.

그러나 바실 프롬리는 한숨을 쉬며 대답해 주었다.

"네. 한 명도……. 전부 다 건강하게 치료해 주었답니다."

"허허허."

김광석이 헛웃음을 뱉었다.

하지만 할리 무어 장군은 웃을 수 없었다.

"실수까지 없었다? 그럼 우리가 내세울 명분이 더 줄어들겠군. 지금 난민들은 굶주리고 병들어서 무서울 것이 없소. 그런데 자신들을 치료해 준 성자가 위험하다? 무슨 짓이라도 할 거요."

그에 김광석이 반론을 제기했다.

"우리 UN군도 그들을 지원해 주고 있지 않습니까? 게다가 그 소년은 엄연히 국제 의료법상……."

"의사 양반."

말을 자른 할리 무어가 덧붙였다.

"세상 물정을 몰라도 너무 모르는군. 지금 이 전쟁 통에 국제 의료법 같은 게 의미가 있을 것 같소? 그리고 UN군 지원은 한계가 있어요. 우리가 가장 열심히 하는 일이 반군에 맞서는 건데, 달리 보면 정부군과 반군의 협상을 번번이 막아서고 있는 셈이오. 그들 중 우리를 고맙게 여기는 사람도 있겠지만 불만을 품은 사람 또한 적지 않다 이 말이오. 지금 이런 상황에, 여기 이 탄원서들 좀 보시오."

"……"

김광석은 입을 다물었다.

아무리 윤리적인 가치관을 내세운다 해도 하루하루가 전시 상황인 라크리마에선 군인이 곧 법이었다. 그리고 이곳 지휘관인 할리 무어에게 중요한 건 의료법이 아닌 난민들의 동향이었다.

톡톡.

책상을 두드리던 할리 무어 장군은 자리를 박차고 일어났다.

"내가 한번 만나보도록 하지."

"…그 소년을 말씀이십니까?"

"그래."

"모시겠습니다."

바실 프롬리는 할리 무어 장군, 그리고 김광석을 데리고 도수가 갇힌 유치장으로 갔다.

이도수는 태평하게 타이(Tie: 봉합할 때 쓰는 기술) 연습을 하던 중이었다.

"장군님!"

보초가 경례를 붙이며 보고했다.

"무기가 될 만한 소지품은 모두 압수했습니다. 단, 그 외 물품은 돌려준 상태입니다."

"알겠네. 나가 있게."

"옛썰."

보초가 유치장을 나갔다.

이내 의자에 앉은 할리 무어 장군이 말을 걸었다.

"소문이 자자하더군."

그제야 도수가 타이를 멈췄다.

"장군."

"내 얼굴을 아나 보군."

"먼발치에서 몇 번 봤습니다."

"그래, 그건 중요한 게 아니고……."

팔짱을 낀 할리 무어가 대뜸 물었다.

"난민들 모두가 널 풀어주길 바란다. 하지만 난 그럴 수가 없어. 어떡하면 좋겠나?"

정말 뜬금없는 질문.

그러나 도수는 기다렸다는 듯 역질문을 던졌다.

"이미 답안지를 작성해 두신 것 아닙니까?"

할리 무어 장군의 눈이 반짝 빛났다.

"…얘기가 빠르겠군. 똑똑한 친구야. 그래, 맞네. 지금 상황에서 우리 모두가 만족할 수 있는 묘수를 생각해 왔지."

"그게 뭐죠?"

"정말 다행스럽게도 자네가 무면허로 의료 활동을 했다는 사실을 아는 건 여기 네 사람뿐이야."

"그래서요?"

"자네 고향이 한국이든 다른 곳이든, 어디든 보내주겠네. 그러니 혼자 조용히 떠나."

이곳.

라크리마는 지옥이다.

난민 누구한테 묻든 혹할 만한 제안이 틀림없었다.

그러나 도수는 아니었다.

"싫습니다."

"……!"

눈을 치켜뜬 장군이 물었다.

"왜지?"

도수는 간결하게 대답했다.

"제가 어디 가서 사람을 치료할 수 있겠어요?"

"……."

할리 무어는 그제야 자신이 무언가 단단하게 착각하고 있다는 사실을 깨달았다. 눈앞의 소년이 원하는 게 뭔지, 잘못 생각해도 한참 잘못 생각한 것이다.

그러든 말든, 비상식적인 발언으로 모두를 당황시킨 도수가 담담하게 말을 이었다.

"이 땅에는 당장에라도 제 손길이 필요한 사람들이 수백, 수천 명이나 있습니다. 내일이면 또 늘어나겠죠. 그다음 날이면 더 늘어날 테고요. 전 이곳을 떠나고 싶지 않습니다."

입가에 번지는 미소.

그 미소를 본 할리 무어 장군은 소름이 돋았다.

'이 자식…….'

전혀 협조할 생각이 없다.

고집을 꺾을 것 같지도 않다.

할리 무어는 고민 끝에 입을 열었다.

"…넌 사라지지 않으면 안 돼. 네 생각이 어떻든 이곳에 남을 수 없다는 뜻이야. 만약 그래도 이곳에 남겠다면? 난 널 국제 의료법에 의거, 처벌할 거다. 얼마 전에 네가 벌였던 무모한 미친 짓을 계속하겠다면 더더욱!"

"……."

빤히 응시하며 잠시 침묵하던 도수가 입술을 뗐다.

"잠시 독대할 수 있을까요?"

"그러지."

할리 무어는 회심의 미소를 지으며 주변에 눈치를 줬다. 그러자 바실 프롬리가 김광석을 데리고 나갔다.

두 사람이 나가고 둘만 남은 유치장.

도수의 눈이 번뜩였다.

샤아아아아.

그가 입을 열었다.

"혹시 담배 피우십니까?"

"한 대 피우겠나?"

할리 무어가 시가 케이스를 꺼냈다. 전쟁터에서 어린아이가 담배를 주워다 피우는 일은 심심찮았기 때문.

하지만 도수는 고개를 저었다.

"요새 기침이 늘지 않으셨습니까?"

"음?"

"가끔 가슴도 아프실 테고요."

"그런 것 같기도 하고……."

"……."

"왜… 그런 걸 묻지?"

"너무 놀라지 말고 들으십시오."

"지금 무슨 말을 하려고……."

"장군님께선 폐암이십니다."

도수의 눈에는 폐에 있는 종양이 보이고 있었다.

"지금도 암세포가 눈덩이처럼 자라고 있는 중이고요."

쿵.

할리 무어의 심장이 철렁 내려앉았다. 말의 진위 여부를 떠나 '암'이라는 단어의 위력에선 누구도 자유로울 수 없기 때문이다. 그나마 그는 백전노장답게 평정심을 찾으려 했다.

"…무슨 근거로 그런 말을 하지? 우린 오늘 처음 만난 것 같은 데… 한 번 본 것만으로도 암이란 걸 알 수 있단 말인가?"

아무리 의학에 문외한인 그라도 얼굴만 보고 병명을 알아낼 수 없다는 것 정도는 알고 있었다. 만약 그게 가능했다면 검사 는 왜 하고, 경과는 왜 지켜본단 말인가?

그 사실을 떠올리자 문득 괘씸한 마음이 치고 올라왔다.

"위기를 모면하기 위해 헛소리를 지껄이는 건가? 아니면 정말 신이라도 된 것 같아? 어떻게든 지금 상황을 벗어나고 싶어서 아무 말이나 지어내나 본데……."

"내일."

도수가 말을 잘랐다.

"내일 검사받고 다시 오세요."

"뭐……?"

"저도 설마 암일 줄은 몰랐습니다."

도수의 표정이 어두워졌다.

연기라면 너무나 사실적인 연기.

"그저 남들도 한두 개쯤 달고 사는 잔병치레나 하고 계실 줄 알았죠. 그걸 낫게 해드리고 다시 협상을 하려고 했는데……."

"지금 무슨 소릴 하는 건가!"

할리 무어가 호통을 쳤다.

그러든 말든 도수는 눈 하나 깜짝하지 않고 저 할 말을 계속했다.

"아마 병원에선 수술 성공률이 희박하다고 할 겁니다. 1퍼센트 미만으로요."

그리고 덧붙인다.

"하지만 전 수술할 수 있습니다. 아직은요. 꼭 검사받아 보고 내일 다시 오세요."

"완전 미쳤군……!"

할리 무어는 자리를 박차고 일어나 유치장을 나가 버렸다.

그 뒷모습에서 눈을 뗀 도수.

그는 나지막이 중얼거렸다.

"쉽지 않은 수술인데……."

두근두근…….

왜 심장이 뛰는 걸까?

도수는 다시 타이를 감았다.

*　　　　　*　　　　　*

이튿날 저녁.

할리 무어 장군이 찾아왔다

"…오늘 아침 병원에 다녀왔다."

어제보다 십 년은 더 늙은 표정.

얼굴 가득히 그늘이 내려앉아 있었다.

타이를 멈춘 도수가 그를 응시했다.

"그렇군요."

"암이라더군."

고개를 끄덕인 도수가 물었다.

"병명은요?"

"진행성 비소세포폐암."

모르는 병명이다.

"검사 사진이 있습니까?"

"가져왔다."

할리 무어가 사진을 보여주었다.

도수가 투시 능력으로 본 것과 일치하는 곳들에 암 덩이가 자리 잡고 있었다.

사실 굳이 확인할 필요도 없었지만, 아무 근거도 없이 몸속 상태를 턱턱 알아내면 의심을 살 게 분명했기에 의례적으로 물은 것뿐이다.

"병원에선 뭐라고 했습니까?"

"4기라고. 면적이 넓어서 절제할 수 없다더군."

"그랬겠죠."

도수가 수긍하자 할리 무어가 물었다.

"하지만 넌 가능하다고 했지."

"……."

"살 수만 있다면."

심호흡을 한 그가 덧붙였다.

"살고 싶다."

도수는 쇠창살 사이로 사진을 돌려주었다.

"저를 믿을 수 있으십니까?"

"척 보고 내 병을 알아냈어. 네가 아니었다면 발견할 수 없었 겠지."

"그랬겠죠."

"…모르는 게 약이었을까?"

수술이 가능하냐는 뜻.

도수의 두 눈이 빛을 머금었다.

샤아아아아아아.

시선이 닿는 곳.

할리 무어의 신체 부위가 반투명으로 내비쳤다.

도수는 차근차근, 머리끝부터 발끝까지 내리훑었다. 동시에 그의 뺨을 타고 땀방울이 떨어졌다.

역시… 투시 범위가 넓어질수록 체력 소모도 극심하다. 하지 만 그 덕분에 알아낸 사실도 있었다.

"아직은 완치가 가능합니다. 시간이 많진 않지만."

"후……."

길게 한숨을 내쉰 할리 무어가 중얼거렸다.

"다행이군. 그 말이 사실이라면 말이야."

그러고는 도수를 보며 말을 이었다.

"어쨌거나 내게는 목숨이 달린 문제야. 내 입장에선 지푸라기라
도 잡을 수밖에 없다는 뜻이지. 고국에 남기고 떠나온 가족들을
위해서라도… 하지만 난 아직 불안해. 내게 신뢰를 줄 수 있겠나?"

"신뢰요?"

도수는 고개를 저었다.

"병원에선 시한부를 말했죠. 장군님한테 선택지는 두 가지뿐
입니다. 죽을 날만 기다리느냐, 아니면 뭐라도 해보느냐."

"……."

"이런 상황에 성공을 장담하는 사람이 나타났습니다. 더구나
우린 운명 공동체죠. 제 실수로 장군님이 잘못되면 전 더 난처해
질 겁니다."

"그렇겠지."

"그럼 믿으세요."

"……."

할리 무어는 허탈한 웃음을 흘렸다.

"차라리 호랑이를 앞에 두고 재주를 부려보라고 하고 말지.
내 생살여탈권을 쥐고 있는 사람한테 너무 무례했군."

그는 본론을 꺼냈다.

"비용은 얼마나 들겠나?"

"돈은 필요 없습니다."

"필요 없다?"

"네. 지갑이 든든하다고 날아오는 총알을 막아주진 않으니까 요."

그 또한 맞다.

전쟁터에 있는 한 화폐의 가치란 무의미하다.

고개를 주억거린 할리 무어가 물었다.

"그럼 내가 뭘 해주면 되겠나?"

"여기서 나가게 해주십시오."

"당연한 얘기를 하는군. 성공한다면 자넨 자유야. 그걸로 끝 인가?"

"그럴 리가요."

도수가 천천히 말을 이었다.

"장군님 관할 지역 내에선 자유롭게 부상자들과 환자들을 치 료할 수 있게 해주십시오."

"뭐?"

할리 무어가 난색을 표했다.

"그건 좀 곤란해. 네가 여기 잡혀 온 이상, 이 사실이 알려지 면 난 모든 걸 잃게 될 거야."

"글쎄요."

도수가 역으로 물었다.

"장군님께선 지위가 목숨보다 중요하십니까?"

동시에 할리 무어의 표정이 휴지 조각처럼 구겨졌다.

"지금 내 목숨을 갖고 흥정을 하는 건가? 협박이야?"

"정당한 대가를 요구하는 것뿐입니다."

"어떻게 의사란 사람이⋯⋯!"

"제가 의사라면!"

소리치며 가로막은 도수가 나지막이 말했다.

"죽어가는 사람을 치료했다고 이곳에 갇혀 있진 않겠죠."

"⋯⋯!"

"더구나 제게 치료받은 그 사람은 장군님의 사람이었습니다."

할리 무어는 할 말을 잃었다.

그렇다.

그는 상대가 어린 소년이라고 해서 너무 순진하게 생각하고 있었다.

이곳은 생사가 오가는 전쟁터.

자신의 목적과 목숨을 지키기 위해서라면 상대의 목숨 따윈 안중에도 둬선 안 되는 비정한 세계인 것이다.

"군인은 군율과 명예에 죽고 살아. 내가 한목숨 살자고 규율을 어기고 지위를 내던질 것 같나?"

"저랑 게임을 하고 싶으신 거라면 충고해 드리고 싶군요. 장군님은 지금 이러고 있을 시간이 없습니다. 지금 이 순간에도 암세포가 자라나고 있죠."

"또 협박을⋯⋯!"

할리 무어는 이를 악물었다. 마음 같아선 본때를 보여주고 싶었으나 자신에게 남아 있는 시간을 알 수 없었다. 이 순간에도 보이지 않는 죽음의 손길이 다가오고 있는 것이다.

그때, 도수가 입을 열었다.

"이미 저에 대해 조사해 보셨을 테니 제 수술 성공률은 들으셨을 거라고 생각합니다."

물론이다.

그게 아니었으면 지금처럼 믿음을 가지지도 못했을 테니까.

"……."

대답이 없자.

도수가 말을 이었다.

"그렇다면 제가 한 제안은 장군님을 포함한 수많은 목숨을 구하는 길이 아닌가요? 장군님의 지위와 사람 목숨. 뭐가 더 중요합니까? 어느 쪽이 진짜 명예를 지키는 길이죠?"

질문을 남긴 도수는 시계를 보며 덧붙였다.

"시간이 없으니 24시간 드리겠습니다. 그 안에 답변 주세요."

그러고는 등을 돌렸다.

칼 같은 축객령.

할리 무어는 찍소리도 할 수 없었다. 기분대로 굴었다간 실낱같은 희망이, 수술이라도 받아 볼 수 있는 기회가 영영 날아가 버릴 수 있기 때문이다.

'단 한 번의 실패도 없었다고 했지.'

난민촌 촌장의 증언을 떠올린 할리 무어는 벼랑 끝에 내몰린 심정으로 걸음을 돌렸다.

*　　　　*　　　　*

할리 무어는 반나절도 채 버티지 못했다.

언제 몸 상태가 악화될지 알 수 없었기 때문에, 6시간 만에 도수를 찾아왔다.

"좋아. 조건을 받아들이기로 하지."

"그럼……."

"단, 나에게도 조건이 있어."

그를 빤히 응시하던 도수가 고개를 끄덕였다.

"말씀해 보세요."

"자네가 사람들을 치료할 권한을 가지는 건 주둔지로 한정하도록 하지. 물론 아군만 치료할 수 있어."

언뜻 들으면 모든 걸 수용하는 것 같다.

호칭도 '너'에서 '자네'로 바꾸었다.

하지만 조금만 생각해 보면, 허울 좋은 제안에 불과했다.

주둔지에는 닥터 김광석처럼 이미 상주하는 의료진이 있으니까.

만약 의료 활동을 할 수 있는 장소가 주둔지 내로 국한된다면 닥터 눈치나 보며 허드렛일이나 하게 될 터였다.

해서 도수는 받아들이지 않았다.

"진짜 위급한 환자들은 현장에 있습니다. 출혈이 심해서 이송해 오면 늦는 경우가 태반이죠. 장군님의 제안은 제 손을 묶어 놓고 수술을 하라는 겁니다."

"전투 현장에 직접 나가겠다?"

"아프고 다친 사람이 있는 곳이라면 어디든지요."

"성자 나셨군."

할리 무어는 비아냥댔다.

"군의관도 하지 않는 일을 하겠다고 자청해서 나서다니. 차라리 입대를 하지 그래?"

지구상에 수술 권한이 있는 의무병은 없다.

도수는 대답할 가치를 못 느꼈다.

"지금까지도 그렇게 치료해 왔습니다."

"전투 현장에 가서?"

"어차피 난민촌에 정착하기 전에는 반군을 피해 도망 다녔어요. 정처 없이, 숱한 전투 현장을 지나면서."

"...물러날 생각이 조금도 없군."

할리 무어는 도수의 눈빛에서 결연한 의지를 보았다.

그리고 역시, 도수가 말했다.

"애초부터 협상하려던 게 아닙니다."

"왜 그렇게까지 하려는 거지? 목숨까지 걸어가면서?"

"생명에 대한 존중이라고 해두죠."

"헛소리."

할리 무어가 입꼬리를 올렸다.

"내 목숨을 걸고 딜을 하는 걸 보고도 그런 감상적인 이유를 믿으라고? 자네도 내게 원하는 게 있으면 날 납득시켜야지. 안 그런가?"

사실, 굳이 그를 납득시킬 이유는 없었다. 할리 무어는 거절할 수 없는 상황에 놓인 채로 발악하는 것뿐이니까.

그렇다 해도, 도수는 불필요하게 자존심을 긁을 생각이 없었다. 만에 하나 부스럼을 만들고 싶진 않았다.

"좋아요. 정확히 납득시켜 드리죠."

"그래, 한번 해봐."

두 사람의 눈이 마주쳤다.

그리고.

도수가 입을 열었다.

"전투에서 느끼는 스릴과 비슷합니다."

"스릴……"

할리 무어는 주먹을 움켜쥐었다.

그 역시 도수가 말한 '스릴'을 느껴본 적 있었다.

사람은 어떤 환경에 처하든 적응하게 마련이다. 잔혹성, 공포, 긴장과 같은 본능들이 반복되면 인격이 바뀐다. 그렇게 인간이 느낄 수 있는 가장 강한 자극들에 중독되는 것이다.

"지금 스스로 전쟁광이라고 밝히는 건가?"

도수는 고개를 저었다.

"비슷하지만 달라요. 저는 매일같이 죽어가는 사람을 봅니다. 죽음이란 구덩이에서, 지옥에서 악마가 끌어당기죠. 그때부터 전투를 치르는 겁니다. 지옥까지 손을 쑤셔 넣고 끌어 올리는 거죠. 죽어가던 사람을 살릴 때의 희열. 그 긴장감과 경이로움이 계속 저를 부릅니다."

"……!"

너무도 생생한 설명에 할리 무어가 눈을 치켜떴다.

한편 도수의 눈동자 역시 광기로 물들어가고 있었다.

"저는 생과 사의 경계에서 사람을 구하는 일이 좋습니다. 그게 제가 하루하루 살아가는 이유예요."

"허."

할리 무어는 토를 달 수 없었다.

집착에 가까운 소년의 의지가 백전노장인 그를 질리게 만든 것이다.

"그거 아나?"

"……?"

"자넨 못 말릴 꼴통이야."

그렇게 말한 할리 무어가 결론을 내렸다.

"좋아, 휘둘려 주지! 어차피 협상의 여지가 없으니… 수술만 성공하면 자네 뜻대로 하게 해주겠어. 지독한 꼬맹이 같으니."

"제가 병원이랑 다른 점이 있다면, 저는 상대적인 대가를 받고 치료한다는 것뿐입니다."

"늙은이한테 수술비 한번 더럽게 비싸게 받는군. 내가 준비할 건 뭔가?"

"수술 전, 장군님과 제가 한 약속에 관해 중립적인 증인을 세우고 싶습니다."

"모든 의료진과 지휘부 간부, 난민촌 촌장에게 전달해 두지. 이 정도면 됐나?"

"믿겠습니다."

믿는다…….

할리 무어는 피식 웃었다.

"내 몸속에 폭탄이나 심어두지 말게. 자, 그럼 이제 필요한 걸 얘기해 봐."

역시 군인이라 그런지 한번 결정 난 일에 대해선 시원시원했다.

"자세한 건 수술방에 들어오는 수술 팀이 정해지면 주문하죠.

최대한 빨리 입이 무거운 팀원들을 선별해 주십시오."

"내일까지 대령하지."

"좋습니다. 그리고……."

"그리고?"

도수가 미소를 보였다.

"닥터 킴을 어시스턴트에 포함시켜 주세요."

닥터 킴.

바로 김광석을 가리키는 말이었다.

*   *   *

늦은 시간.

할리 무어에게 불려간 김광석은 자다 일어나 퉁퉁 부은 눈을 부릅떴다.

"암이요?"

"그렇소."

"확실한 겁니까?"

"오늘 아침, 시내에 있는 병원에 가서 검사를 받았소."

"……."

병원에서 검사를 받았단다.

그럼 오진일 리는 없다는 뜻.

김광석은 몇 번 입을 더듬다가 어렵게 물었다.

"몇 기랍니까?"

"4기라고 하더군."

"병명은요?"

"진행성 비소세포폐암이란 병을 아시오?"

진행성 비소세포폐암.

4기면 생존할 확률이 거의 없다고 봐도 무방하다.

병원에서도 수술을 단념했을 것이다.

"……"

김광석이 아무 말 없이 서 있자.

할리 무어가 입을 열었다.

"괜찮소. 나이도 있고… 어차피 우리야 죽음을 각오하고 사는 사람들이니. 하지만 내가 흔들리는 건, 살 가능성이 보이기 때문이오."

살 가능성이라니?

김광석의 눈이 커졌다.

"4기라고 하지 않으셨습니까?"

"그렇소."

"병변 부위가 아무리 좋아도 그 정도 진행도면 수술할 수 있는 의사가 극히 드물 텐데… 검사 사진 좀 볼 수 있겠습니까?"

할리 무어는 검사 사진을 건네주었다.

그걸 본 김광석의 안색이 어두워졌다.

"날 살릴 수 있겠습니까?"

"……"

사진을 돌려준 김광석이 입을 열었다.

"솔직히 말씀드리는 편이 좋을 것 같습니다. 이 정도면 저 아닌 누구라도 손을 대기 힘들 겁니다. 세계 최고의 흉부외과 권위자가 온다 해도 손대지 못할 확률이 큽니다."

"그렇구려."

할리 무어는 고개를 끄덕였다.

어차피 그만한 권위자를 찾아서 만날 때까지 버틸 수도 없는 상황.

고개를 주억거린 할리 무어가 덧붙였다.

"그런데, 성공을 자신하는 사람이 있더이다."

"성공을 자신한다고요? 그게 누굽니까?"

"이도수."

"…예?"

김광석은 자기 귀를 의심했다.

"이도수, 그 친구가 내 병을 고칠 수 있다고 했소."

할리 무어가 다시 확인시켜 주자 김광석이 진지하게 말했다.

"장군, 불쾌하게 생각하지 말고 들어주십시오."

"얘기해 보시오."

"이건 심막에 고인 피를 빼내는 것과 차원이 다른 수술입니다. 그 친구가 얼마나 많은 케이스를 경험했는지 모르겠지만, 이런 수술을 한 적은 없을 겁니다. 이런 상황에 무리해서 수술을 강행했다가 지금 남겨진 시간마저 잃으실 수 있습니다. 다시 한번 생각해 보시는 게……."

"그래서."

할리 무어가 말을 잘랐다.

"닥터 킴이 수술방에 함께 들어와 줬으면 합니다."

"제가요?"

김광석은 일순 무슨 뜻인지 알아차리지 못했다.

"정말 죄송한 얘기지만… 제가 담당의라면 전 수술을 선택하지 않을 겁니다. 그리고 이런 마음인 제가 집도의가 될 순 없겠지요. 항암 치료를 하면서 시간을 버는 쪽으로 방향을 잡으시는 게……"

"닥터 킴에게 집도를 맡기려는 게 아닙니다. 수술 과정을 확인하고 수술 내내 훌륭한 솜씨로 도와달라는 뜻이오."

"……!"

김광석의 손을 맞잡은 할리 무어가 덧붙였다.

"수술 집도는 이도수. 그 친구가 하게 될 겁니다."

*　　　　　*　　　　　*

철컹!

기적처럼 유치장 문이 열렸다.

도수는 거울에 얼굴을 비춰봤다.

거뭇거뭇하게 자란 수염, 짙은 눈썹이 조각 같은 이목구비와 어우러져서 느와르 영화의 주인공을 연상시켰다.

"샤워를 좀 하고 싶은데요."

"팔자 좋군."

까칠하게 대답한 군인이 그를 샤워 부스로 안내했다.

속사정을 아는 사람은 몇 없으니 당연한 대우였다. 원하는 건 뭐든 들어주라는 지시를 받았겠지만, 군인이 보기에 도수는 꼼짝없는 죄인이자 골칫덩이일 것이다.

도수는 개의치 않고 면도를 하고 목욕재계를 한 뒤 깔끔한 모습으로 나타났다.

어느새 부스 밖에는 바실 프름리 상사가 기다리고 있었다.

"인물이 훤해졌군. 따라오게."

고개를 끄덕인 도수가 뒤따라갔다.

두 사람이 도착한 곳은 의무대에서 자체적으로 만들어둔 수술방 앞이었다.

"결국 사고를 쳤군."

김광석이었다. 그는 이미 수술복을 입고 있었다.

"잘 어울리시네요."

도수가 빙그레 웃자 김광석이 가시 돋친 한마디를 뱉었다.

"설마 널 어시스트하게 될 줄은 몰랐다."

"든든합니다."

도수가 태연하게 말했고.

김광석이 물었다.

"어떤 수술을 할 생각이지?"

"명칭 같은 건 모릅니다. 암이 퍼진 부위를 절제해야죠."

"그걸 몰라서 묻겠나? 병원에서 이미 수술을 포기한 환자야. 절제 부위는 어떻게 정할 셈이지?"

"약을 써서 치료할 수 있는 부분은 남겨두고 정도가 심한 경계선을 절제할 겁니다."

"그걸 어떻게 구분하지?"

종양 위치는 검사를 통해 알 수 있다. 그러나 심한 농도까진 검사로 나오지 않는다. 마치 썩은 사과처럼, 어디서부터 어디까지 절제해야 할지 경계선을 정하기가 어려운 것이다.

그래서 대부분의 의사들이 선택하는 방법이 대략적 절제. 하지만 그렇게 되면 할리 무어 장군은 폐가 거의 남지 않아 사망할 터였다.

이런 절망적인 상황에서.

도수는 대수롭지 않게 대답했다.

"감이라고 해두죠."

"미치겠군."

김광석은 머리가 핑 돌았다.

이 미친놈이 환자를 죽이려 하는 것이다.

"무슨 대단한 방법이라도 있나 했더니… 환자 목숨을 걸고 도박이라도 할 셈이야?"

"말이 심하군요."

도수는 손을 닦으며 덧붙였다.

"이 수술에서 집도의는 접니다. 어떤 의구심도 갖지 말고 제 지시에 따르세요."

"살인이 될지도 모르는 상황을 손 놓고 지켜보라고?"

"장군이 잘못되면 전 더 엄중한 처벌을 받겠죠. 그리고 제가 수술에 실패한 적이 없다는 건 닥터 킴도 아실 텐데요."

"성공을 확신하나?"

"물론입니다."

"최악의 최악까지 생각해야 하는 게 의사야."

"1퍼센트의 확률만 있어도 최선을 다하는 게 의사죠."

그리 말한 도수가 몸을 돌렸다. 수술실을 향해 걸어가던 그는 이내 걸음을 멈추고 짤막하게 덧붙였다.

"이미 결정 난 사항입니다. 집도의와 환자를 믿으세요. 만약 그게 힘들다면 수술실에 발을 들이지 마십시오."

그러더니 수술실 문을 열고 들어가 버렸다.

"……."

으득.

이를 악문 김광석은 마스크를 고쳐 쓴 뒤 수술실로 따라갔다.

*　　　*　　　*

수술실 안.

의료진들이 도수에게 고개를 숙였다. 마스크 위로 드러난 눈빛까진 미처 숨기지 못했지만.

'뭐야?'

'대단한 권위자라더니… 저런 애송이가?'

물론 도수는 개의치 않았다.

"환자 상태는요?"

"…혈압 125에 77입니다. 안정적이에요."

할리 무어 장군은 깊게 잠들어 있었다.

김광석이 맞은편에 서자, 도수의 입이 열렸다.

"오늘 수술은 스피드가 관건입니다. 왼쪽, 오른쪽 옆구리를 다 열고 양쪽에서 폐엽을 하나씩 절제할 겁니다. 4, 5번 갈비뼈를 자르고 들어가죠."

빈틈없는 성격 덕분인지 지시하는 모습이 제법 능숙했다.

누가 보면 영락없는 집도의.

사정을 모르는 의료진들은 고개를 주억거렸다.

단 한 사람, 김광석만 빼고.

도수는 김광석의 눈을 응시했다.

"대답은요?"

"……"

시선을 맞추고 있던 김광석은 마지못해 고개를 끄덕였다.

그러자 도수가 말했다.

"칼."

메스(Mes: 외과 수술, 해부에 사용하는 작은 칼)를 가리키는 것이다.

통칭 메스를 부르는 명칭은 의사마다 다 달랐다. 그냥 메스, 칼, 블레이드라고 부르는 의사도 있었다.

턱.

메스를 건네는 간호사.

그녀에게는 눈길도 안 주고 환자를 내려다보는 도수의 눈이 빛을 품었다.

샤아아아아아.

반투명하게 변하는 할리 무어 장군의 신체. 그 안에 혈관과 장기들이 생생하게 드러났다.

제4장

대수술

스으으윽.

메스를 다루는 도수의 손놀림은 교묘했다. 혈관을 피해 살과 근육을 절개하는 정교함이란.

'정말… 5,000회 이상 경험이 있기라도 한 건가?'

김광석은 마스크 안으로 입을 다물 수 없었다. 5,000회의 임상경험. 말이 안 된다고 생각하면서도 어쩌면 진짜가 아닐까 끊임없이 의심이 드는 것이다. 처음 도수를 만났을 때만 해도 가까이서 볼 수 없었던 손놀림. 그건 차라리 예술에 가까웠다.

그 순간.

절개를 끝낸 도수가 훤히 드러난 갈비뼈를 내려다보며 주문했다.

"립 커터(Rib Cutter: 갈비뼈 절단 시 쓰는 커다란 가위)."

간호사가 가위를 건넸다.

턱!

두 손으로 넘겨받은 도수는 거침없이 늑골을 잘랐다.

뚝… 뚜둑……!

뼈가 잘려 나간다.

동시에 섬뜩한 소리가 이어졌다.

3, 4번 갈비뼈를 잘라낸 도수는 할리 무어의 폐를 육안으로 볼 수 있었다.

맞은편에 서 있던 김광석 역시 마찬가지였다.

"윽……."

보이는 것만으로도 얼마나 상태가 심각한지 알 수 있었다. 이만큼 암이 퍼졌다면 수술은 불가능하다.

"엉망이야. 이제 두 눈으로 직접 확인했으니 알겠지? 이 수술이 얼마나 무모한지."

도수가 마스크 위로 눈동자를 들었다.

그러자 김광석이 말을 이었다.

"그놈의 고집 때문에 환자 가슴까지 열고… 이게 무슨 짓이야? 안 그래도 병약한 환자가 받는 스트레스는 어떻게 할 거냐는 말이야."

환자의 가슴을 도로 닫을 거라고 확신하는 그.

그러나 도수는 다시 시선을 내리고 손을 뻗었다.

"칼."

"뭐?"

김광석이 눈을 부릅떴다.

하지만.

"칼!"

도수의 불호령에 간호사가 메스를 건넸다. 그리고 김광석이 미처 말릴 새도 없이, 칼자루를 쥔 도수가 환자의 폐를 쑤셨다.

푹!

"이런 미친……!"

김광석이 비명처럼 외쳤다.

그럼에도 도수의 동작에는 한 치의 망설임도 없었다.

"이리게이션(Irrigation: 세척)."

그를 보조하는 의료진이 세척액을 부었다.

촤악!

"석션(Suction: 흡인)."

슈아아아아아악!

피와 세척액이 동시에 석션기로 빨려 들어갔다.

그렇게 시야가 확보되는 동시에.

도수는 폐엽에 그림자처럼 들러붙은 암 덩이를 도려냈다.

서걱, 서걱!

그의 눈동자에 맺힌 빛이 더 짙어졌다.

샤아아아아아.

종양이 퍼진 농도를 정확히 구분해 주는 투시 능력.

그 투시 능력을 발판 삼아 자로 잰 듯 경계선을 잘라낸다.

석, 서걱!

그리고 마침내.

폐엽이 잘려 나갔다.

그럴수록 김광석의 안색도 창백하게 질려갔다. 도수가 절제한 부위는 자칫 조금만 지나쳐도 환자의 폐 기능이 제 역할을 할 수 없을 만큼 아슬아슬했기 때문에, 김광석이 보기엔 과한 면적을 절제한 것처럼 보였던 것이다.

그때 도수가 고개를 들지도 않고 말했다.

"그렇게 가만히 서 계실 거면 나가주십시오."

"......!"

"아니면 피라도 제거해 주시든가요. 이리게이션."

손을 뻗는 도수.

입술을 지그시 깨문 김광석이 의료진에게 세척액을 빼앗아 들이부었다.

촤악!

"내가 보조하지."

도수는 들은 척도 안 하고 말했다.

"석션."

슈아아아악!

친히 석션을 실시하던 김광석이 덧붙였다.

"…만약 잘못되면 결과에 대한 책임을 져야 할 거야."

"그런 각오도 없이 수술방에 들어왔겠어요? 꽉 잡아요."

"예… 예엡……!"

절개 부위를 벌리고 있던 의료진이 땀을 뻘뻘 흘리며 대답했다.

평소의 도수도 충분히 까칠했지만, 수술방 안에서의 도수는 매섭기 그지없었다. 어린애의 모습은 조금도 남아 있지 않은 칼

잡이로 돌변한 것이다.

그가 날카로운 눈매로 환자를 살폈다.

"이제 절반은 끝났습니다. 왼쪽 폐는 한 곳 남았어요."

폐를 잘라낸 도수가 절제한 폐엽을 쟁반 위에 던졌다.

툭!

"하아……!"

절개 부위를 고정시키고 있던 의료진이 한숨을 내쉬었다.

그러자 도수가 말했다.

"정신 차려요. 이리게이션."

촤악!

"석션."

슈아아아악!

세척액과 핏물이 빨려 들어가자, 도수는 타이 연습을 하던 대로 능숙하게 잘라낸 부위를 봉합했다.

그다음 갈비뼈를 근육 사이에 고정시키고 옆구리를 닫았다.

그야말로 물 흐르듯 진행된 수술.

수술하는 내내 의료진들이나 김광석은 숨을 돌릴 틈조차 없었다. 보조를 맞춰 따라가는 것만 해도 급급했던 것이다.

그만큼 도수의 손이 빨랐다.

수술 과정을 가까이에서 쭉 지켜본 김광석은 경악할 수밖에 없었다.

'어떻게… 이런 일이 가능한 거지?'

잠시도 망설이는 기색이 없다.

개흉(開胸)을 하고 폐를 살피는 것만 해도 오랜 시간이 걸리는 작업.

암이 퍼진 부위를 구분하고 절제할 면적을 정하는 데만 해도 신중의 신중을 요하게 마련이다.

한데 도수는 생각할 틈도 없이 열고, 잘라내고, 봉합해 버렸다.

이런 속도로 수술을 진행했는데 그 시간에 폐엽을 떼어냈다는 것 자체가 수술의 성패를 떠나 믿을 수 없는 일이었다.

그러나 수술은 이제 절반이 진행됐을 뿐.

김광석이 말을 걸 틈도 없이 도수가 의료진을 둘러보며 말했다.

"오른쪽도 바로 수술하겠습니다. 땀 좀 닦아주세요."

간호사가 붙어서 땀을 닦아주었다.

'응?'

그녀는 뭔가 이상했다.

'무슨 땀을… 비 오듯 흘리잖아? 어디 아픈가?'

그런 생각이 들었지만 차마 입 밖에 내지 못했다.

정작 도수는 개의치 않고 김광석과 위치를 바꿨다.

"환자 자세 바꿔주세요."

의료진이 조심스럽게 의식 없는 할리 무어 장군을 반대쪽으로 돌려 눕혔다.

도수는 역시 이번에도 마찬가지로, 살과 근육을 절개하고 갈비뼈를 잘라낸 뒤 암이 퍼진 폐엽을 마주했다.

김광석은 이 순간을 다시 봐도 섬뜩했다.

"정말… 환자가 살 수 있겠나?"

너무 넓은 면적을 잘라낸 게 아니냐는 뜻.

그를 응시하던 도수가 고개를 끄덕였다.

"믿으세요. 장군은 살 수 있습니다. 남은 암세포가 사라질 때까지 얼마간은 병원에서 치료를 받아야겠지만⋯⋯."

김광석은 한숨을 삼켰다.

"부디 자네 말이 맞길 바라지."

그의 시선에는 환자에 대한 걱정과 애틋함이 묻어났다.

흘깃 바라보던 도수는 환자의 가슴 속으로 눈을 돌렸다.

"성공할 겁니다. 칼."

턱.

메스를 받는 그 순간.

도수의 눈앞이 흔들렸다.

"윽."

아찔했다.

만약 폐엽에 손을 댄 상태였다면 돌이킬 수 없는 참사가 벌어졌을 것이다.

"왜 그래?"

김광석이 물었다.

"자네 손을 좀 봐."

도수는 메스를 쥔 손을 내려다봤다.

덜덜.

계속해서 떨리고 있었다.

'젠장.'

투시 능력을 과하게 써버렸다.

최대한 빨리 수술을 진행하면 버틸 수 있을 줄 알았는데, 역시 큰 수술에는 더 큰 집중력과 투시 능력이 필요했다. 그리고 그만큼 더 큰 체력이 소모되고 있었다.

그 결과가 바로 지금이다.

"자리 바꾸시죠."

도수의 한마디.

김광석은 눈을 부릅떴다.

"내가 수술하라는 거냐?"

"절제 부위는 제가 알려 드리겠습니다."

"……."

김광석은 고민에 빠졌다.

메스를 잡는 순간 환자의 죽음은 두 사람 모두의 공동 책임이 된다.

하지만 그에게 가장 중요한 건 환자의 목숨.

의사가 된 후 한 번도 잊어본 적 없는 신념이었다.

'실낱같은 희망이라도 있다면……'

김광석은 도수의 눈을 응시했다.

"부탁하지. 난 정확히 어딜 절제해야 할지 감도 안 와. 그러니 자네가 구체적으로 말해줘야 해."

"그러죠."

도수는 메스를 넘겼다.

자리를 바꾼 두 사람.

'제발 한 번만.'

샤아아아아아.

도수의 투시 능력이 발현됐다.

그리고 희미하게 절개해야 할 경계선이 눈에 들어왔다.

"좀 더 오른쪽……."

김광석의 메스 끝이 도수의 지시에 따라 움직였다.

"0.2㎜ 정도만 아래로."

미세하다.

"아니, 0.1㎜만 위로요."

김광석의 메스가 다시 움직였다.

"아래, 조금 더, 조금… 거기!"

딱.

멈춘 김광석의 메스.

"헉, 헉……."

도수의 안색이 파리하게 질렸다.

경계점을 잡은 그는 희미한 시야로 메스가 가야 할 길을 노려보며 말했다.

"거기서부터 지금 방향대로 3㎝를 절제하시면 됩니다."

김광석은 메스를 내리그었다.

혈관들을 피해 폐엽만 잘려 나가는 기적적인 상황.

김광석은 도수를 걱정할 정신도, 정확한 경계를 절제하고 있는 기쁨을 누릴 정신도 없이 온 신경을 집중했다.

'잘하고 있는 건가?'

무시무시한 공포.

장님이 된 채로 수술하는 기분이었다.

"이리게이션."

촤악!

"석션."

슈아아아아악!

안쪽이 깨끗하게 비워지자 메스가 자르고 들어간 부분이 눈에 들어왔다.

그러자 도수가 말했다.

"2㎝만 옆으로… 스톱!"

이번에도 잘 멈춘 메스.

"15도만 트세요."

다행히 김광석은 훌륭한 써전답게 각도기로 잰 듯 메스를 움직였다.

"다시 3㎝ 절제하시면……."

휘청!

도수가 수술대를 잡으려다 말고 그대로 고꾸라졌다.

콰당……!

"닥터!"

의료진이 놀라 외쳤다.

김광석도 당황하긴 매한가지였으나 그는 환자에게 온 신경을 쏟았다.

'살려낸다!'

위로 3㎝ 움직이는 메스.

이번에는 도수의 정지 신호를 바랄 수 없는 상황.

그러나 이미 꼭짓점이 모두 맞춰졌기에, 김광석은 깔끔하게 폐엽을 절제할 수 있었다.

텅!

폐엽을 쟁반 위에 떼어놓은 김광석은 어쩔 줄 모르는 의료진들을 향해 말했다.

"마무리는 내가 직접 합니다. 저 닥터 리를 병실로 데려가서 안정을 취하게 해요. 수술 마무리되는 대로 금방 가겠습니다."

"알겠습니다, 닥터."

의료진들이 빠릿빠릿하게 움직였다.

어려운 작업은 모두 끝낸 김광석은 수술방을 떠나는 도수의 뒷모습을 흘깃 바라보며 고개를 내저었다.

'대체 어떻게 된 녀석인지……'

환자가 살 수 있다는 보장은 없다.

하지만 도수는 기꺼이 칼자루를 넘겨줬고 쓰러지는 순간까지 환자의 상태를 신경 썼다. 여기서 확실해진 건 도수 역시 개인의 욕심보단 환자의 회생을 최우선으로 생각한다는 사실이었다.

김광석은 봉합한 실을 자르며 나지막이 읊조렸다.

"장군, 제발 기사회생하십시오."

*　　　　　*　　　　　*

수술을 마친 김광석은 도수가 누워 있는 의무대로 갔다.

"괜찮나?"

도수는 창백한 얼굴로 고개를 끄덕였다.

"잘 끝났습니까?"

여전히 환자 걱정부터 하는 그.

김광석은 눈에 이채를 띠었다.

"덕분에 잘 마쳤다. 회복하실 수 있을지는 앞으로 지켜봐야겠지만."

"회복하실 겁니다."

도수는 이번에도 확신했다.

어떻게 4기 암 환자의 상태를 장담할 수 있단 말인가?

이는 자신감 문제가 아니었다.

"매번 자신만만하군."

"믿어야죠."

도수는 구구절절 늘어놓지 않았다.

할 수 있는 건 다 했다.

이제 환자의 회복력을 믿는 것뿐.

김광석은 입을 열었다 닫더니, 나지막이 대답했다.

"그래, 꼭 일어나실 거야."

다시 한번 고개를 끄덕인 도수가 말했다.

"좀 쉬고 싶습니다."

"아, 그래야지. 쉬어야지."

김광석은 묻고 싶은 게 산더미였다. 하지만 일단 참기로 했다.

'나도 자네를 믿고 싶군.'

그는 진정으로 할리 무어 장군이 건강을 되찾길 바랐다. 도수가 보여준 신기에 가까운 직감과 실력이 수포로 돌아가지 않길 바랐다.

"나중에 다시 얘기하자고."

그 말을 남긴 김광석은 몸을 돌려 나갔다.

뒷모습을 끝까지 지켜본 도수는 문이 닫히기 무섭게 몸을 일으켰다.

"후."

흠씬 두드려 맞은 후가 이럴까?

아직 몸이 찌뿌둥했다.

마취제를 맞은 것처럼 어질어질하다.

그럼에도 그는 기지개를 켜며 정신을 차리고 병실을 나섰다. 그가 향하는 곳은 할리 무어 장군이 안정을 취하고 있는 중환자실.

소독 후 무균 복장을 착용한 도수는 병실 안으로 들어갔다.

그러자 환자를 보고 있던 간호사가 시선을 돌렸다.

"닥터……!"

눈을 동그랗게 뜨는 그녀.

"괜찮으세요? 좀 더 안정을 취하셔야 할 텐데……."

도수를 바라보는 눈빛이 어딘가 이상했다. 수술이 있기 전과는 상이하게 존경심이 묻어나는 것이다.

그러든 말든 도수는 대답 대신 물었다.

"환자 상태는?"

"아! 체온, 맥박 다 정상이에요. 추후 검사를 해봐야겠지만 이 정도면 안정적인 것 같죠?"

들뜬 목소리.

이는 호재다.

"수술이 잘됐나 보군요."

담담하게 말한 도수가 덧붙였다.

"앞으로 며칠은 두 시간 간격으로 환자 상태를 체크해 주세요."

보통은 세 시간에 한 번 체크하는 것이 매뉴얼이다. 그 간격이 줄어들수록 간호사 입장에선 더 피곤해지겠지만, 그녀는 내색하지 않고 밝게 웃었다.

"네, 그럴게요! 그런데 닥터. 뭐 하나 물어봐도 될까요?"

도수가 고개를 끄덕였다.

"혹시… 나이가 어떻게 되세요?"

"그건 왜 묻죠?"

"아니 그게, 의사 선생님치고 너무 나이가 젊어 보이셔서요."

"젊은 거 맞습니다. 열일곱이에요."

한국 나이론 열아홉이지만.

그 말을 들은 간호사가 화들짝 놀랐다.

"예? 열일곱이요?"

정식 의사가 되려면 의대 입학부터 최소 11년의 시간이 걸린다.

쉬이 납득하지 못하는 그녀에게 도수가 되물었다.

"그게 중요한가요?"

"아, 아뇨……."

간호사는 차마 '의사가 맞긴 하냐'고 묻지 못했다. 두 눈으로 수술 장면을 고스란히 목격했기 때문이다. 그리고 그건, 어떤 수술 때도 본 적 없는 실력이었다. 당시의 순간을 떠올리던 그녀는 무심코 도수와 눈이 마주쳤다. 그러자 수술 과정에서 도수가 보여줬던 매서운 눈빛이 오버랩 됐다.

"……!"

얼굴을 붉힌 그녀는 발끝을 내려다보며 시선을 피했다.

그사이 환자의 몸 구석구석을 모두 살핀 도수가 말했다.

"그럼 부탁드립니다. 환자 깨면 호출해 주세요."

할리 무어 장군의 마취가 깨기까진 1시간 남짓.

도수와의 약속을 이행하기까지 남은 시간도 한 시간뿐이었다.

'믿을 수 없어.'

도수는 할리 무어를 믿지 않았다. 그는 이제 원하는 것을 모두 얻었기 때문이다. 막말로 이제 도수에게 아쉬울 게 없다. 인간이 화장실 들어갈 때와 나올 때가 얼마나 다른지 지난 7년 동안 수없이 지켜봤다. 생존과 욕망 앞에서 인간이 얼마나 추잡해질 수 있는지도. 전쟁 통에서 자란 그는 장군뿐 아니라, 그 누구도 믿지 않았다.

더욱이.

자신의 운명을 타인의 손에 맡기는 것은 그야말로 멍청한 짓이 아닌가?

그 순간, 간호사가 정신을 일깨웠다.

"저… 실례지만."

"……?"

"어떻게 그렇게 젊은 나이에 의사가 된 건지 여쭤봐도 될까요?"

타인은 집요하다.

즉, 피곤하다.

"안 됩니다."

"예?"

황당한 표정의 그녀를 빤히 응시하던 도수가 대답했다.

"환자 보세요."

드르륵.

문을 열고 중환자실을 나서는 도수.

그의 뒷모습을 좇던 간호사의 표정이 일그러졌다.

'싸가지…….'

*   *   *

1시간 후.

할리 무어 장군은 눈을 떴다.

먼저 시력이 돌아오고, 정신도 돌아왔다.

"쿨럭, 쿨럭……!"

힘겹게 기침을 뱉어낸 그는 자신의 몸 상태를 체크했다.

'수술이… 성공한 건가?'

손을 쥐락펴락해 보는 그.

아직 기력은 돌아오지 않았지만 특별히 불편한 곳은 느껴지지 않았다.

"간호사."

맞은편 환자를 보고 있던 간호사가 목소리를 듣고 화들짝 놀라며 등을 돌렸다.

"장군님! 정신이 좀 드세요?"

"그래, 괜찮아. 컨디션도 좋고."

장군이 물었다.

"수술은 어떻게 됐지?"

"잘 끝났어요! 이제 회복하시기만 하면 돼요."

간호사의 말에 할리 무어는 안도의 한숨을 푹 내쉬었다.

"쿨럭, 쿨럭! 하… 그게 정말인가? 어떻게 병원에서도 포기한 날… 하하하, 쿨럭!"

웃을 때마다 기침이 섞여 나왔지만 이런 것쯤은 아무렇지도 않았다.

죽었다 살아난 목숨 아닌가?

"집도의, 집도의를 부르게."

"닥터 리 말씀이시죠?"

"그래… 닥터 리."

고개를 주억거린 간호사가 호출을 했다.

그사이 할리 무어는 뻐근한 옆구리를 감싸 안고 생각에 잠겼다.

'정말 뛰어난 실력자였군.'

물론 그 사실을 믿었으니 수술을 강행한 것이다.

하지만 그건 희망적으로 자기최면을 걸은 것뿐, 도수 자체를 믿은 건 아니었다.

그런데 도수는 해내고야 말았다.

이 얼마나 대견한 일인가?

할리 무어 장군이 감격하고 있는 그때, 드르륵 문이 열리며 도수가 들어왔다.

"제때 깨어나셔서 다행입니다."

"문 앞에 있었나? 부르자마자… 쿨럭, 기다렸다는 듯이… 들어오는군."

할리 무어가 떨떠름하게 말하자 도수가 대답했다.

"대략 이쯤이면 깨어나셨을 거라고 생각한 것뿐입니다."

"고맙네."

할리 무어가 고개를 숙였다.

"내가 다시 눈을 뜰 수 있었던 건 모두 자네 덕이야."

"별말씀을… 완치되려면 앞으로도 지속적인 치료가 필요해요."

"그건 병원에서 해주겠지. 하하… 쿨럭."

도수는 고개를 끄덕였다.

"그럼 이제 약속을 지키실 차례군요."

그런데.

할리 무어가 애매한 표정을 지었다.

"이제 와서 이런 얘길 하는 게… 아니꼽겠지만, 다시 한번 생각해 주면 안 되겠나……?"

"뭘요?"

"좋은 환경에서 정식으로 의사가 되게… 내 모든 재정적인 지원을 약속하지. 어디가 됐든… 아름다운 나라에서 다시 시작하게. 몇 년이든 자네가 필요로 하는 동안… 내 목숨값을 치르겠네."

"말씀드렸을 텐데요. 제가 있어야 할 곳은 여기라고."

"그건 자네가 밖에 못 나가봐서 하는 소리……."

"아뇨."

도수는 단칼에 잘랐다.

"약속을 지키세요, 장군."

"후… 쿨럭, 쿨럭."

길게 한숨을 내쉰 할리 무어가 입을 열었다.

"설득에 임해주었으면 좋으련만… 여전히 고집을 부리는 군……. 자네가 어떻게 생각하든, 난 자네를 내보낼 거야. 내 방식대로… 은혜는 갚겠네."

"버젓이 증인들이 있는데도?"

"여긴 라크리마… 내가 하고자 해서 안 될 일은 없지."

맞는 말이었다.

분쟁지역에서 군인의 힘은 절대적이다.

그리고 그 정점에 있는 존재가 할리 무어 장군이었다.

"역시……."

도수가 입을 뗐다.

"제 예상을 한 치도 벗어나지 않는군요."

미리 예상했다는 듯한 말투.

할리 무어는 고개를 저었다.

"애초부터 반협박에 의한 약속이었어."

"어차피 기대하지도 않았습니다. 저만 사라져 주면 장군의 경력에 아무런 오점도 남지 않을 테니까요."

할리 무어가 반색했다.

"날 이해하는군! 쿨럭, 쿨럭… 그래……. 막말로 지금껏 자네가 저지른 의료 행위들에 아무런 문제가 없다는 것을 확인할 수 없지 않나? 전부 완벽히 성공했다는… 쿨럭. 어떤 증거도 없단 말이야. 일이 더 커지기 전에 자넨 떠나서 행복한 장래를 추구하고, 난 평생 은혜를 갚으면 되는 걸세."

언뜻 들으면 달콤한 이야기였지만.

도수의 표정에는 아무런 변화가 없었다.

"그런 말이 있습니다."

"……?"

"하나를 보면 열을 안다고. 이미 약속을 어긴 장군을 제가 또 믿겠습니까?"

"허… 그래서, 안 믿으면… 어쩔 텐가?"

"장군님 말씀처럼 여기선 장군님 권력이 절대적이죠. 모든 사람들이 다 장군님 편이니까요. 그래서 저도 제 편을 한 명 만들어 왔습니다."

벌떡 일어난 도수가 드르륵 문을 열었다.

그러자.

금발에 푸른 눈을 가진 미국인 여성이 서 있었다.

"아……."

그녀를 알아본 할리 무어의 안색이 파리하게 질렸다.

"당신은……!"

"오랜만이에요, 장군님."

생긋 웃은 그녀가 병실 안으로 성큼 들어왔다.

"매디 보웬……."

"'기자'란 직함도 붙여주시죠."

매디 보웬.

그녀는 미국인으로, 모르스 마을에 머물고 있는 종군기자였다.

조금 떨어진 의자에 다리를 꼬고 앉은 매디 보웬이 입을 열었다.

"얼마나 놀랐는지 몰라요. 이런 일을 저 모르게 벌이시다니."

"그건……."

할리 무어가 머뭇거리자 매디 보웬이 물었다.

"몸은 좀 괜찮으세요?"

"그런… 것 같네. 자넬 보고 충격을 받지만 않았다면 더 좋았을 테지……."

"호호호! 농담도. 재미없는 건 여전하시네요."

"할 말이나 하지."

할리 무어는 도수를 노려봤다.

정작 도수는 시큰둥하게 말했다.

"전 잠시 나가 있죠."

그러더니 문을 쾅! 닫고 나가 버렸다.

순간적으로 놀라 어깨를 들썩인 할리 무어가 이불을 말아 쥐고 물었다.

"대체 어떻게 된 건가……?"

"제가 묻고 싶은 말인데요."

"……."

할리 무어가 침묵하자 그녀가 배시시 웃었다.

"사실, 말씀해 주시지 않으셔도 돼요. 다 듣고 왔으니까."

"어디서부터 어디까지?"

"전부 다요."

"그럼 왜 왔지……? 지금쯤 기사를 쓰고 있어야 하는 것 아닌가?"

"뭐, 진위 여부 확인은 해야 하니까. 그리고 한 가지 더. 제안할 게 있어요."

"제안?"

할리 무어의 눈빛이 되살아났다.

기사가 나가면 꼼짝없이 추궁을 받겠지만, 아직 기사가 나가지 않았다면 살길은 있는 것이다.

고개를 끄덕인 매디 보웬이 입을 열었다.

"문밖의 소년이 저를 찾아와 얘기하더군요. 장군님과 본인, 그리고 저까지 만족할 만한 방법이 있다고."

"그게 뭐지?"

"간단해요. 장군님은 저 소년과의 약속만 지키세요."

"약속을 지켜라……?"

"네."

대답한 그녀가 말을 이었다.

"그럼 저 소년은 계속 사람들을 치료하겠죠? 전 그 모습을 내전의 참상과 함께 보도할 거예요. 그럼 단순한 '고발성 기사'보다 훨씬 더 값진 기삿감이 되겠죠."

"자네 둘은 횡재하겠군……. 하지만… 내가 얻을 건……?"

"확실한 이슈가 되면 더 이상 국제 의료법 같은 건 개밥으로도 못 쓰죠. 여긴 전쟁터잖아요? 온 세상이 저 소년이 가진 신비한 매력에 주목할 거예요. 그리고 그것만으로 장군님의 잘잘못 따윈 중요치 않게 되겠죠. 아무도 관심을 가지지 않을 테니까."

완벽한 시나리오였다.

하지만 그건 어디까지나 도수가 실수하지 않고 환자들을 살렸을 때의 이야기.

만약 반대로 환자를 죽게 만든다면…….

"저 소년을 믿나?"

"농담해요?"

피식 웃은 매디 보웬이 덧붙였다.

"전 그를 믿는 게 아니에요. 병원에서도 포기한 장군님을 살려낸 데이터를 믿는 거지."

"데이터라."

침묵하던 할리 무어가 대뜸 물었다.

"나도 제안 하나 할까?"

"해보세요."

"돈을 주지."

그는 승부수를 던졌다.

"당신은 한 가지만 누락시키면 돼. 내가 저 소년에게 수술받았다는 것만. 어떤가?"

"돈이라… 돈 좋죠."

그녀가 물었다.

"액수는요?"

"원하는 대로. 달러로 맞춰주겠어. 아무도 할 수 없는 제안이지."

"축하해요. 장군님 혐의가 하나 추가됐네요. 뇌물 공여 미수."

"잘 생각해. 아무 탈 없이 큰 금액을 벌 기횐데도?"

"저 공돈 별로 안 좋아해요. 복권도 안 사는데 무슨."

매디 보웬이 말했다.

"잊으셨나 본데, 저 종군기자예요. 오늘 죽어도 이상하지 않은 곳에 자원해서 온 미친년이 돈이 중요하겠어요? 퓰리처상이라도 안겨주신다면 모를까."

할리 무어는 한숨을 푹 쉬었다.

"…선택의 여지가 없군."

거절하는 즉시 매디 보웬은 사회 고발 기사를 작성할 터였다.

고개를 절레 저은 할리 무어가 입을 뗐다.

"당신 말대로라면 이곳 참상을 보도하겠다는 신념 하나로 목숨까지 걸고 온 당신이… 기자로서의 신념은 어디다 버리고 이런 소설을 쓰나?"

생긋 웃은 매디 보웬이 대답했다.

"우린 지금 미래를 선택할 수 있어요. 그리고 그 선택이 진실을 만들죠. 이건 거짓도 왜곡도 아니에요. 이곳 사정에 대한 세상의 문제의식을 키우고 절망으로 물든 땅에 희망을 꽃피울 기회라고요. 그리고 '이도수'란 아이는 그 존재만으로도 기적을 일으킬 수 있을 만큼 비범해요."

비범하다.

할리 무어도 그건 부정할 수 없었다.

*　　　　　*　　　　　*

잠시 후, 매디 보웬이 중환자실 문을 열고 나왔다.

"얘기 끝났어. 네가 원하는 대로."

도수는 고개를 끄덕였다.

이내 그녀가 말했다.

"역시 사람 살릴 만한 머리야. 대단한 담력까지… 이번 건 드라마 되겠어."

도수는 피식 웃었다.

"드라마라면 비극일 텐데."

"비극 속에서 꽃피는 희망. 그게 바로 너야."

"기꺼이……."

도수가 중얼거렸다.

"기삿거리가 되어드리죠."

그런 건 아무래도 상관없었다.

사람 목숨을 구하는 데 이 투시력을 쓸 수만 있다면.

그를 빤히 응시하던 매디 보웬이 방긋 웃었다.

"그것 참 고맙네. 어쨌든… 딜(Deal)?"

도수가 그녀의 손을 맞잡았다.

"딜."

마침내 완전히 자유의 몸이 된 도수.

그가 몸을 돌리며 말을 이었다.

"따라오세요. 진짜 의사가 있어야 할 곳이 어딘지 보여 드릴 테니까."

제5장
생존 확률 제로

도수는 매디 보웬을 난민촌으로 데려가려고 했다. 난민촌에는
아직도 병마나 수술 후유증에 시달리는 사람들이 가득했기 때
문이다.

두 사람이 UN군 지휘소를 지나고 있는 그때.

소란스러운 군인들이 보였다.

"의료진들 불러 모아! 의사든 간호사든 붕대라도 감을 수 있
는 사람은 전부!"

"예, 알겠습니다!"

"빨리빨리 움직여! 시간 없다!"

매디 보웬은 기자답게 궁금증을 참지 못하고 멈춰 섰다.

"무슨 일이죠?"

그녀가 분주한 군인을 붙잡고 묻자.

군인이 다급한 얼굴로 대답했다.

"시내에서 폭탄이 터졌답니다!"

"포, 폭탄이요? 사상자는요?"

"아직 파악된 게 없습니다! 그럼……!"

군인은 미꾸라지처럼 빠져나가 버렸다.

그 모습을 눈으로 좇던 매디 보웬이 툭 뱉었다.

"쫓아가자."

도수가 고개를 돌렸다.

"어딜?"

"못 들었어? 붕대 감을 줄 아는 사람 한 명이라도 더 필요하다잖아?"

폭탄테러라면 그 예후가 좋지 못하다.

하지만 한 사람이라도 더 살릴 수 있다면.

도수는 두말없이 대답했다.

"가죠."

두 사람은 의료진들이 탑승해 있는 차로 갔다. 이미 시동이 걸린 상태. 의료진들의 시선이 집중되자 도수가 앞으로 나서며 말했다.

"응급처치 정돈 할 수 있습니다."

그 순간 김광석이 의료진들 사이로 얼굴을 내밀었다.

"겸손은… 얼른 타게."

고개를 끄덕인 도수와 매디 보웬이 비좁은 자리를 비집고 올라탔다. 그리고 차량이 출발하자 도수가 먼저 입을 뗐다.

"저를 탐탁지 않게 여기시는 줄 알았는데요."

김광석은 부정하지 않았다.

"자네가 불안한 건 사실이야. 하지만……."

그는 창밖을 향해 애가 타는 눈길을 던졌다.

"폭탄이 터졌다면 상황은 끔찍할 테지. 정말 한 사람의 손이 아쉬울 정도로… 혹시 몰라서 피도 이만큼이나 챙겼다."

김광석은 끼고 앉은 박스 뚜껑을 슬쩍 열어 내용물을 드러냈다. O형 피 주머니가 가득하다.

그때, 지금 상황을 메모하고 있던 매디 보웬이 물었다.

"폭탄에 당한 환자를 보셨어요?"

"봤소."

김광석이 덧붙였다.

"…딱 그만큼의 죽음도 봤고. 폭발에 제대로 휘말린 환자가 살아남는 건 못 봤어요."

도수는 그의 어깨 너머 창밖을 응시했다. 저 멀리 치솟고 있는 시커먼 연기가 눈에 들어왔다.

"거의 다 왔군요."

"한 가지만 확실히 하지."

김광석은 도수를 향해 못 박았다.

"현장 책임자는 나야. 이번엔 너무 나서지 말고 내 통제에 따르도록 해."

"전……."

차창 밖. 참혹한 지경의 사상자들이 보이고 있었다.

"이번에도 제멋대로 굴어야 할 것 같은데요."

도수가 나지막이 읊조렸지만.

사건 현장을 마주한 김광석의 귀에는 더 이상 아무 말도 들리지 않았다.

＊　　　　　＊　　　　　＊

　사건 현장은 지옥이었다.

　부분 부분 시커멓게 타버린 시체들.

　매캐한 탄내가 코끝을 자극했다.

　끼이익, 차량이 멈추자 현장에서 인원 통제를 하고 있던 군인이 박스 문을 열어젖혔다.

　"어서 오십시오. 애타게 기다렸습니다."

　김광석이 내리며 물었다.

　"사상자 수는?"

　군인이 고개를 저었다.

　"사망자건 부상자건 계속 나오고 있습니다. 현재는 사망 열두 명, 부상 서른한 명입니다."

　그때 부상자를 보고 있던 병사가 크게 외쳤다.

　"숨을 안 쉽니다!"

　"…부상 서른 명. 사망자 열셋이 됐네요."

　"바로 움직이지."

　김광석은 서둘렀다.

　가장 먼저 해야 할 일은 환자 분류.

　하지만 이런 매뉴얼을 모르는 도수는 이미 부상자 옆에 가 있었다. 당장에라도 숨이 끊어질 것 같은 부상자다. 사망자들과 구분이 안 될 만큼 숯덩이가 되어버린.

"……"

도수는 그 자리에 얼어붙었다.

그의 뇌리로, 부모님의 마지막 모습이 오버랩 됐던 것이다. 배와 가슴에 폭탄 파편이 박혀 죽어가던…….

'살린다.'

두 눈이 번뜩였다.

샤아아아아아.

부상자는 아프리카계 흑인. 투시력으로 본 그의 상태는 겉보기보다 훨씬 더 심각했다. 허벅지, 복부, 흉부에 스무 개가 넘는 파편이 박혀 있었다. 출혈이 심해 혈압도 계속 떨어지고 있었다.

"이런……"

운이 안 좋았다.

허벅지에 박힌 파편 조각이 넙다리동맥과 접다리정맥을 찢고 들어가 대량 출혈을 일으키고 있는 것이다.

그뿐만이 아니었다.

흉부에서도 출혈로 혈흉(흉막강 안에 혈액이 괸 상태)이 생기고 복부 역시 소장과 콩팥에 크고 작은 파편들이 박혀 있었다.

그가 어떻게 손써야 할지 머리를 굴리고 있는데.

어느샌가 곁에 와 있던 김광석이 입을 열었다.

"안타깝지만 이 환자는 가망이 없다. 다른 환자부터……"

"살릴 겁니다."

도수가 말을 잘랐다.

엄마, 아빠를 잃었던 그날처럼 손 놓고 가만히 있을 수 없었다. 그땐 지켜볼 수밖에 없었지만 지금은 아니다.

그러한 속내를 모르는 김광석의 표정이 돌처럼 굳었다.

"네 마음을 모르는 건 아니다. 하지만 육안으로 보이는 것만으로도 이렇게 많은 파편이 박힌 환자가 생존한 케이스는 없다."

단정 지은 그가 모르핀 주사를 꺼냈다. 고통을 덜어주려는 것이다.

그 순간.

턱.

도수가 손목을 잡았다.

김광석이 미간을 찌푸렸다.

"할리 무어 장군처럼 생존률이 희박한 게 아니라, 인력으론 불가능한 영역이란 말이다. 고통을 덜어주고 다른 환자를 보는 게 맞다."

지금 환자는 쇼크 상태.

하지만 곧 깨어날 터였다.

도수 또한 알고 있었다. 상식적으로 생각했을 때 김광석의 말이 틀리지 않았음을.

하지만 그는 포기할 수 없었다.

"건물 안으로 옮겨서 수술하겠습니다."

도수는 아직도 손목을 잡고 있었다.

김광석은 차가운 표정으로 말했다.

"이거 놔."

"쓸데없는 짓 마세요."

"뭐? 쓸데없는 짓?"

참다못한 김광석이 쌍심지를 켰다.

"그렇게 아무 때나 응급수술을 할 수 있는 게 아니야! 자네 욕심만 생각하나? 가망이 없는 환자한테 피 주머니 몇 개씩 들이부을 바엔 다른 가망 있는 환자부터 치료하는 게……!"

"책임은 제가 집니다."

도수는 투시력을 끌어올렸다.

샤아아아아아.

동시에 여기저기 널브러진 환자들을 보았다. 그러자 피부 위로 반투명하게 빛나는 혈관들과, 그 안을 돌고 있는 혈류가 눈에 들어왔다. 동시에 응급처치 시 수혈해야 할 양이 대략적으로 파악되었다.

"피 주머니는 넉넉해요. 이송이 가능한 환자들은 지혈한 후 이송하면 되고, 출혈이 심한 환자들도 수액으로 컨트롤할 수 있는 수준입니다."

"그걸 어떻게 판단하나? 충분하게 챙겨 왔다곤 해도, 아직 환자들 상태도 자세히 보지 못했는데!"

도수의 능력을 모르는 김광석으로선 당연한 의문이었다. 더 정확하려면 일일이 환자 상태를 체크하고 수혈할 수 있는 피 주머니 개수를 따져서 생존 확률이 높은 환자부터 수혈해야겠지만.

그 시간이면 눈앞의 이 환자는 백 퍼센트 사망이다.

도수는 김광석의 손을 놓고 지혈을 시작했다.

"이렇게 시간 낭비할 여유 없습니다. 이 환자도, 다른 환자들도 빨리 손써야 돼요."

김광석은 그를 빤히 쳐다봤다.

물러날 것 같지 않았다.

언제 끝날지 모르는 실랑이를 하고 있을 수도 없는 노릇.

'그래, 한 번쯤은……'

어차피 경험해야 하는 일이었다.

환자의 죽음.

만약 그 죽음에 익숙해지지 못한 의사라면 아직 환자 목숨이 붙어 있는 이상, 쉽게 포기하기 힘들 수밖에 없다. 대부분의 인턴이나 레지던트들도 겪는 과정.

어쩌면 아무리 비범하다 해도 아직 열아홉 살에 불과한 소년에게 너무 노련한 의사의 기준을 뒤집어씌우려 했는지 모른다.

그렇게 판단한 김광석은 더 이상 말리지 않았다.

"최선을 다해. 그게 환자에 대한 예의니까."

하지만 곁에서 지켜보고 있던 매디 보웬 기자의 입장은 달랐다.

"잠깐만요! 지금 모험을 하겠다는 거예요? 닥터 킴은 이걸 그냥 내버려 두겠다는 거고요? 만약 환자가 사망하기라도 하면… 그럼 우리 계획은 수포로 돌아가요! 도수, 넌 아예 추방되거나 다시 투옥될 거야."

"그딴 게 중요해요?"

도수가 눈을 부라렸다.

"지금 사람이 죽어가고 있다고요."

그는 군인들을 향해 벼락같이 외쳤다.

"실내로 옮겨요! 당장!"

군인들이 눈치를 보며 주춤거리자, 도수가 차가운 표정으로 말을 이었다.

"저 말고도 환자가 사망할 경우 책임질 분이 또 계십니까?"

"……!"

그제야 군인들이 움직였다.

환자를 이송하는 그들을 보며 매디 보웬이 입술을 파르르 떨었다.

"네가 아무리 뛰어난 의사라고 해도 모두를 살릴 순 없어."

"닥쳐요, 매디."

냉정하게 말한 도수는 혈액을 챙긴 뒤 군인들의 뒤를 쫓아갔다.

뒤에 남겨진 매디 보웬은 김광석을 쏘아보며 말했다.

"방금 들었어요? 지금 나보고 닥치라고……."

"닥치고 쫓아가요, 미스 보웬. 당신의 도움이 필요할 거요."

그 말을 남긴 김광석은 혈액 가방을 메고 다른 환자를 보러 떠났다.

입술을 잘근잘근 씹던 매디 보웬이 중얼거렸다.

"미치겠네……!"

　　　　　*　　　　　*　　　　　*

"후우."

피 주머니를 매단 도수는 한숨을 뱉었다.

어시스트도 못 받는 상황.

혼자 환자를 감당해야 했다.

그 순간.

찰칵!

플래시가 터졌다.

매디 보웬이 사진을 찍은 것이다.

"아… 나 신경 쓰지 말고 할 일 해. 난 내 할 일을 하는 것뿐이니까."

닥치라는 소리까지 들은 마당이라 변명이 줄줄 나왔다. 그리고 이내, 그녀를 빤히 쳐다보던 도수가 입을 열었다.

"아뇨. 신경 쓰입니다."

"그건 미안하……."

"거기 카메라 내려놓고 이리 오세요."

말을 끊자, 매디 보웬은 떨떠름하게 물었다.

"…뭐? 왜?"

"이리 오라고요."

반협박조.

매디 보웬은 카메라를 내려놓고 다가갈 수밖에 없었다.

'한 대 맞는 건 아니겠지?'

라는 생각을 하며.

"왜?"

"거기 애바가드(Avagard: 최근에 개발된 소독약의 일종. 물과 브러시가 필요 없어 빠르고 간편하다)로 손소독 해요. 손톱 끝에서부터 팔꿈치까지 빈틈없이."

"응?"

매디 보웬이 눈을 동그랗게 떴다.

"지금 무슨……."

"어려울 거 없어요. 어차피 수술은 제가 해요."

"난 아무것도 할 줄 모르는……."

"빨리! 환자 죽게 내버려 둘 생각이에요?"

"……!"

매디 보웬은 뭐라 반발하지 못했다. 환자 상태가 최악이라는 건 한눈에 봐도 알 수 있었기 때문이다.

그녀는 어쩔 줄 모르고 머릿속이 하얘져선 손을 소독했다. 한 번, 두 번, 세 번… 아무리 소독해도 빈틈이 있는 것처럼 느껴졌다.

반면 도수는 침착했다.

"그만하고 앞에 와서 서요."

그녀가 마주 서자 도수가 메스를 빼 들었다.

"출혈부터 조절해야 합니다. 먼저 다리 쪽 동맥, 정맥을 복구할 거예요."

샤아아아아.

투시력을 쓰자 일회용 젓가락 두세 배쯤 되는 허벅지 동맥과 정맥이 시야에 들어왔다.

"절개 시작합니다."

압박붕대를 풀기 무섭게.

촤악!

피가 솟구쳤다.

"피, 피가……!"

매디 보웬이 당황해 외쳤지만 도수는 이성적이었다. 그의 두 눈에는 잘린 혈관에서 피가 빠져나가는 게 선명하게 보였다.

"혈압 떨어집니다. 두 손으로 피 주머니 잡고 짜요."

"아… 응!"

매디 보웬 역시 전쟁터를 전전하며 사진을 찍었던 여자라 그런지 빠릿빠릿하게 움직였다. 아마 이런 장면이 처음인 일반인이었더라면 손가락 하나 까딱 못 한 채 넋 놓고 있었으리라.

그녀가 피를 짜자, 빠지는 피와 들어가는 피의 혈액량이 조절됐다.

물론 출혈로 빠져나가는 피를 완벽히 충당하진 못했지만 출혈을 멈출 때까지 시간을 번 것이다.

"잘했어요."

샤아아아아.

도수의 눈이 다시 한번 빛을 머금었다.

그러자 이번에는 혈관 지나는 곳까지 손상된 피부와 근육 조직들이 선명하게 보였다.

'최대한 빨리.'

거침없이.

도수의 메스가 움직였다.

석, 서걱!

출혈에도 불구하고 정교하게 손상된 조직을 제거하는 도수.

너무도 손쉽게 혈관 위치까지 파고든 그는 메스를 던져놓고 혈관의 손상된 부분을 손가락으로 잡았다.

턱!

그러고는 물 흐르듯 잘린 혈관을 묶었다.

"출혈을 멈추는 겁니다."

"아⋯⋯!"

"메스 소독해서 다시 준비해 주세요."

세차게 고개를 끄덕인 매디 보웬이 메스를 소독하는 사이, 일단 혈관을 묶어서 출혈량을 조절한 도수는 집게를 빼 들고 깊게 파고든 파편들을 떼어냈다.

텅, 터엉!

쟁반에 올려진 파편들.

"이⋯ 이게 몸을 뚫고 들어간 거야?"

도수는 고개를 끄덕였다.

"칼."

매디 보웬이 메스를 건넸다.

"혈관을 봉합할 거예요. 일시적인 출혈이 발생할 수 있습니다. 당황하지 마세요."

그는 마음의 준비가 될 때까지 기다려 주지 않았다. 손상된 혈관의 단면을 메스로 평평하게 잘라낸 뒤 묶여 있는 혈관을 풀었다.

파악!

피가 튀었다.

도수가 외쳤다.

"피 짜요!"

이미 한번 경험이 생긴 매디 보웬이 피 주머니를 짰다.

그사이 도수는 수술 실로 혈관을 봉합했다.

다시 한번 신기에 가까운 타이 기술이 빛을 발했다.

'와⋯⋯.'

매디 보웬은 자기도 모르게 감탄했다.

실제로 이렇게 가까운 곳에서 수술 장면을 목격한 적이 없는데, 도수의 봉합 솜씨는 어떤 장인 재단사가 와도 울고 갈 정도로 빠르고 정교했던 것이다.

'피가 멈췄어.'

정말 분수처럼 솟던 피가 멎었다.

도수는 최소한의 출혈만으로 끔찍하게 파편이 박혀 있던 허벅지를 복구한 것이다.

짧은 생각을 하는 동안 이미 그는 혈관을 봉합한 뒤 수술 부위를 거즈로 감았다.

"왜 수술 부위를 봉합하지 않는 거야?"

매디 보웬의 질문에 도수가 대답했다.

"아직 자잘한 파편들이 남아 있습니다. 그 파편들까지 제거하고 있을 시간 없어요."

말하는 와중에도 그는 손을 멈추지 않았다.

눈부시게 빠르고 능숙한 손놀림.

수술을 잘하는 척도가 속도라면 도수는 우사인 볼트급이었다.

"긴장 풀지 마세요. 이제부터 시작입니다."

샤아아아.

도수의 눈에 비친 환자 상태는 좋지 못했다.

생존 확률이 제로라는 김광석의 말처럼, 환자는 장시간 이어진 어마어마한 출혈을 버티기 힘들어 보였다.

도수는 겨드랑이 아래서부터 가슴 아래까지 절개 부위를 바라봤다.

수북한 털 때문에 면도가 필요한 상황.

그는 털을 밀고 절개할 부위를 소독했다.

"아직 수술해야 할 곳이 두 곳이나 남았습니다. 긴장 늦추지 마세요."

"응……!"

매디 보웬이 대답했지만.

실은 도수 자신한테 하는 말이었다.

이미 큰 수술을 한차례 끝낸 상태.

그럼에도 두 번의 고비가 더 남아 있었다.

만약 이 수술의 연장선에서 조금이라도 밀린다면 환자는 사망할 터였다.

"칼."

메스를 건네받은 도수는 소독한 절개 부위를 갈랐다.

출혈은 폐 자체가 아닌, 갈비뼈 사이의 혈관이 다쳐 발생한 것이었다.

"거즈."

매디 보웬이 거즈를 찾아주자 그가 소리쳤다.

"더 많이!"

한 뭉텅이, 두 뭉텅이…….

쉴 새 없이 거즈를 때려 박은 도수는 피가 충분히 스며들자 도로 빼냈다.

촤악!

피가 튀었다.

철퍽거리는 거즈를 바닥에 던진 도수의 두 눈이 번쩍였다.

터억!

그는 단번에 혈관을 찾았다.

만약 전문가가 이 장면을 봤다면 기겁했을 것이다.

어떤 써전이라도 손상된 혈관을 찾는 과정이 필요할 수밖에 없다.

더구나 지금은 어시스턴트가 없는 상황.

급한 대로 집게를 이용해 고정시켰지만 가슴을 완전히 열어젖히진 못한 상태였다.

이런 상태에서 수술을 한다면 시야 확보가 힘들 수밖에 없다.

그럼에도 도수는 혈관을 찾는 과정도 없이 곧바로 혈관을 찾아낸 것이다.

물론 매디 보웬은 방금 자신이 본 장면이 얼마나 대단한 건지 알 수 없었다. 단지 도수의 거침없고 재빠른 움직임이 귀신같다고 생각할 뿐……!

그야말로 순식간에 출혈 지점을 파악한 도수는 두 혈관을 묶었다.

다리, 가슴의 출혈을 잡자 혈액의 흐름이 좋아졌다.

'혈압이 올라가고 있어.'

정확한 혈압 수치를 파악할 순 없었지만 투시 능력과 경험적 감각으로 환자 상태를 파악한 그는 매디 보웬에게 말했다.

"피 새로 달아주세요. 짤 필요는 없습니다."

고개를 끄덕인 매디 보웬이 튜브에 새로운 피 주머니를 연결했다.

구구절절 설명해 주지 않아도 도수가 하는 걸 본 것만으로 척척이다.

'똑똑한 여자야.'

그렇게 생각한 도수는 다시 시선을 내렸다.

이제 환자의 배를 열어야 하는 상황.

샤아아아…….

투시력을 쓰자 조각조각 잘린 소장과 손상된 콩팥이 반투명으로 보였다.

그것만으로 앞에 벌어질 상황을 충분히 유추할 수 있었다.

'엉망이다.'

환자를 처음 봤을 때부터 검토를 했지만 자세히 들여다본 배 속 상태는 최악이었다. 안 그래도 연속된 두 번의 수술로 환자 컨디션이 나쁜 상태에서 수술을 감행한다면…….

'정말 닥터 킴의 말처럼… 죽을 수도 있어.'

도수는 불안감이 엄습했다.

배를 가르면 어떤 상황이 일어날지 눈에 빤히 보이는데 메스를 움직인다는 것.

그것만으로도 엄청난 용기가 필요했다.

하지만 아무것도 하지 않으면 환자는 백 퍼센트 사망한다.

이미 손을 댄 이상, 환자를 죽음의 문턱에서 끄집어내는 것만이 그의 사명인 것이다.

"절개."

도수는 메스로 환자의 배를 내리그었다.

고요한 폭풍 전야(暴風前夜).

"스읍."

숨을 들이쉰 도수는 배를 벌렸다.

그와 동시에.

촤악!

피가 솟구쳤다.

얼굴에 그대로 뒤집어쓴 피.

그러나 도수는 눈 한 번 깜빡이지 않았다.

"아……!"

매디 보웬은 피 주머니를 잡은 손을 덜덜 떨고 있었다. 이전까지보다 훨씬 더 출혈이 심했던 것이다.

"어, 어떡하지? 피가……!"

"정신 차려요!"

정신이 번쩍 들 만큼 큰 소리로 외친 도수가 말했다.

"거즈."

매디 보웬이 거즈를 한 뭉텅이 건넸다.

"거즈! 더!"

도수는 계속해 거즈를 쑤셔 넣었다.

"혈압 떨어집니다. 피 짜세요."

철꺽, 철꺽.

거즈를 빼낸 도수는 물을 잔뜩 먹은 것처럼 호흡을 내뱉었다.

"후아……!"

투시력을 이용해 미리 봤던 것처럼.

소장이 조각나고 콩팥이 손상을 입었다.

배만 보면 장기가 다 녹아내리거나 산산조각 나서 눌어붙은 수준은 아니었지만, 이 정도만 해도 엄청난 중태였다.

문제는 수술이 길어지고 수혈받는 혈액량이 늘고 있다는 것.

환자의 몸에 자신의 피보다 다른 사람의 피가 더 많은 상태가 되어가고 있다는 점이었다.

'최대한 빨리 마무리 짓는다.'

그래야 감염을 최소화할 수 있었다.

수술방도 아닌 곳에서 무균 복장도 갖추지 않고 하는 수술.

수술을 성공한다 해도 생존율이 크지 않다.

조금이라도 생존율을 올리기 위해선 배를 열고 있는 시간을 줄이는 것밖에 없었다.

'일단 콩팥부터.'

도수는 파편이 뚫고 지나가 찢어진 콩팥을 봉합했다.

스슥, 슥!

봉합은 빠르게 끝이 났다.

'진짜 잘한다……'

매디 보웬은 바느질을 해본 적이 있다. 그러나 소질이 없어선지 할 때마다 꽤나 애를 먹었다. 따라서 그녀는 도수의 손 기술이 얼마나 대단한 것인지 정도는 직감할 수 있었다.

그녀가 어떤 생각을 하든 오직 눈에 보이는 것에만 집중해 봉합을 마친 도수가 고개를 들었다.

"가위 주세요."

도수는 수술 실을 잘랐다.

컷(Cut).

원래 어시스트가 해야 할 일이다.

하지만 지금은 도수 혼자 모든 걸 하고 있었다.

실도 이물질이다. 괜히 매디 보웬을 시켰다가 환자 몸에 이물질을 많이 남겨서 좋을 게 없기 때문이다.

싹둑.

타이가 풀리지 않을 정도로만.

아슬아슬하게 실을 자른 도수는 다음 소장을 주시했다. 세 조각으로 나눠진 소장.

손상된 부분을 잘라낸 뒤 이어 붙여야 했다.

문제는 손상된 부분만 자르는 게 아니라 손상된 세 곳을 전부 포함하는 넓은 면적을 자르고 이어 붙여야 한다는 점이다.

뿐만 아니라 더 깊게 들어가서 소장이 둘러싸고 있는 장간막까지 함께 잘라야 했다.

잘라내는 범위가 크면 클수록 환자한테는 좋을 게 없었다.

"혈압 떨어집니다. 피 짜주세요."

도수에게는 시간이 없었다.

수술이 늦춰질수록 환자의 생존도 멀어진다.

뿐만 아니라 그는 투시력의 과용으로 인해 이미 머리가 붕 뜬 것처럼 어질어질해지고 있었다.

'수술실에선 닥터 킴이 있었지만… 지금은 혼자다.'

버텨내야 한다.

도수는 이를 악물고 환자 배 속으로 손을 쑥 집어넣었다.

턱!

이번에도 실수는 없었다.

장간막을 지나는 동맥을 낚아챈 그는 미끄러운 혈관을 놓치지 않고 묶었다.

그러자 자연스럽게 출혈이 줄었다.

"후우."

소장을 이어 붙이는 건 이제부터 시작이다.

도수는 긴장의 끈을 놓지 않고 말했다.

"칼."

턱!

메스를 받은 도수는 소장의 손상 부위와 그에 해당하는 장간막을 함께 잘랐다.

서걱, 서걱……!

"으으."

매디 보웬은 결국 신음을 터뜨리고 말았다.

피 냄새는 익숙했다.

하지만 이렇게 사람 장기를 통째로 잘라내는 모습을 보는 건 단순히 끔찍한 부상을 당한 대상을 보는 것과는 달랐다.

툭.

절제를 마친 도수는 당장에라도 토할 것 같은 표정으로 서 있는 매디 보웬에게 말했다.

"손 좀 줘봐요."

"뭐?"

매디 보웬이 화들짝 놀라자 도수가 말을 이었다.

"소장을 이어 붙이려면 잡아줘야 됩니다."

"아……."

망설이는 그녀를 보며 도수가 외쳤다.

"빨리!"

"……!"

그녀는 이번에도 할 수 없이 손을 뻗었다. 눈을 질끈 감은 채로.

"눈 떠요."

매디 보웬이 말을 듣지 않자 도수가 소리쳤다.

"눈 뜨라고!"

"으……."

매디 보웬이 일그러진 표정으로 눈을 떴다.

도수는 그녀에게서 시선을 떼지 않은 채 말했다.

"여기로 손 넣어서 제가 잡고 있는 소장을 받으세요. 미끄러지지 않게 조심하고."

"후우, 후우, 후우."

심호흡을 한 매디 보웬이 배 속으로 손을 넣었다. 미끌미끌한 이질감.

도수는 그녀의 손에 소장을 쥐여주었다.

"잘 잡아요. 이대로 움직이지 말고 있어야 됩니다."

"…알겠어."

극도의 긴장 상태.

실수 한 번에 환자의 목숨이 왔다 갔다 할 수 있다고 생각하니 절로 손에 힘이 들어갔다.

"너무 꽉 잡지 말고."

"아……."

그녀는 조금 느슨하게 풀었다.

다행히 소장은 미끄러지지 않았다.

"느낌은 흙탕물 속 미꾸라지를 잡는 것 같은데……."

다시 생각해 보니, 혈관을 순식간에 잡아버리던 도수는 맨손으로 물속에 노니는 미꾸라지를 잡는 것과 같은 일을 단번에 해낸 것 아닌가?

정신이 없으니 별의별 생각이 다 들었다.

그런 그녀를 힐긋 본 도수가 말했다.

"정신 차려요."

"응……!"

도수는 소장과 장간막을 꿰매기 시작했다.

이번에도 그의 손놀림은 눈으로 따라잡을 수 없을 만큼 빨랐다.

그러면서도 빼곡하게 타이를 했다.

"거의 다 끝났습니다. 그래도 다행인 건 췌장이 다치지 않았다는 거예요. 췌장액이 샜다면 장기들이 다 녹아버렸을 겁니다."

매디 보웬의 긴장을 풀어주기 위한 말이었다.

적당한 긴장감은 필요하지만, 너무 과부하되면 예기치 못한 실수를 불러올 수 있기 때문이다. 그리고 지금 환자의 경우 단한 번의 실수만 범해도 사망이다.

적당히 주의를 빼앗은 도수는 그사이 봉합을 끝냈다.

귀신같이 빠른 솜씨였다.

무려 세 곳이나 되는 신체 부위를 수술하는 데 걸린 시간은 그리 길지 않았다.

한고비 넘긴 도수는 고개를 들었다.

"이제 놔도 돼요. 가방 안에 보면 세척액 있을 겁니다. 계속 부어주세요."

"후우……!"

안도의 한숨을 내쉰 매디 보웬은 고분고분 지시를 따랐다. 세척액을 꺼내 이리게이션(Irrigation)을 시작했다.

좌악!

세척액을 붓자.

도수는 급한 대로 석션기 대신 거즈를 집어넣어서 세척액을 제거했다. 세척액과 피, 장이 손상되면서 복강을 오염시킨 내용물들이 걸러져 나왔다.

"다시, 이리게이션."

좌악!

거즈를 쑤셔 박고 다시 뺀다.

철퍽, 철퍽.

한참 동안 같은 작업을 반복한 끝에.

도수가 말했다.

"…이래도 감염은 피할 수 없을 겁니다."

"그, 그렇겠지."

그사이 도수는 치열했던 수술을 마무리했다. 모든 과정이 끝나자, 그는 매디 보웬의 두 눈을 마주 응시했다.

"우리가 여기서 취할 수 있는 조치는 여기까지입니다. 수고하셨어요."

두근, 두근……!

도수의 귀에는 환자의 심장소리가 생생히 들려왔다.

누가 봐도 생존율 제로에 가까운 엄청난 수술이 끝났음에도.

여전히 환자는 숨을 쉬고 있었다.

제6장
쉴 틈이 없다

"이럴 수가……."

김광석은 직접 눈으로 보고도 믿기지 않았다.

"살려냈다고?"

대량 출혈로 당장에라도 숨이 끊어질 것 같았던 부상자. 전신에 수십 개의 파편이 박혔던 흑인 남자가 생존한 채 의무대까지 옮겨진 것이다.

도수는 창백한 얼굴로 고개를 끄덕였다.

"버티더라고요."

그 역시 수술하기 전부터 알고 있었다. 할리 무어 장군과 경우가 다르고, 생존율이 극히 희박하단 사실을. 하지만 사람 목숨이 자신의 손에 달렸다는 생각에 포기하지 않던 것뿐이다. 부정적인 예측을 하는 순간 환자가 떠나 버릴 것 같았기 때문에. 부모님이 돌아가시던 순간과 같은 상황에 놓였던 도수는 외면할 수 없었다.

이런 속사정까진 모르는 김광석. 그의 고개가 천천히 숙여졌다.

"……!"

눈이 커진 도수에게 그가 말했다.

"미안하다."

"……."

"환자를 죽일 뻔한 건 네가 아닌 나였다."

"아뇨."

도수는 고개를 저었다.

인정할 건 인정해야 하는 법.

"환자 상태는 최악이 맞았습니다. 그 상황에선 닥터의 판단이 맞았을지도 몰라요. 가망 없는 환자를 붙잡고 있는 동안 다른 환자들의 상태가 더 악화될 수 있으니까."

"나도 그렇게 생각했지만… 넌 환자를 살렸어."

"환자가 버텨준 겁니다."

도수가 말을 이었다.

"할리 무어 장군 때보다 훨씬 출혈이 심했어요. 혈압이 떨어지는 걸 체크할 틈도 없이 수술했습니다. 보통 사람이라면 죽었을 거예요. 기적처럼 살아난 건 이분 생존력 덕분이에요."

"네 실력이 아니라?"

"그건 기본이고요."

뻔뻔한 대답을 들은 김광석은 피식 웃었다. 정말이지 자신감이 넘치는 녀석이다. 물론 웃을 수 있는 건 모두 결과가 좋았기 때문이지만.

"내 눈으로 보고도 믿을 수가 없군."

"그래서 제가 찍어뒀죠."

매디 보웬이 끼어들었다. 그녀 역시 옷이 피투성이었다. 얼굴도 못 본 새 핼쑥해져 있었다.

그녀를 일별한 도수가 덧붙였다.

"기자님 아니었으면 환자는 사망했을 겁니다."

"진짜?"

매디 보웬이 눈을 반짝였고.

김광석은 멍하니 입을 벌렸다.

"설마… 미스 보웬이 자넬 어시스트한 건 아니겠지?"

"정답."

도수의 간결한 대답.

그와 매디 보웬을 번갈아 쳐다본 김광석은 고개를 절레절레 저었다.

"미치겠군."

"훗."

매디 보웬은 피 묻은 옷을 내려다보며 만족스러운 얼굴을 했다. 수술 당시를 떠올리면 아직도 심장이 콩닥콩닥 뛰고 손발이 찌릿찌릿했다.

"아무래도 저, 적성인가 봐요."

모든 건 결과가 좋았기 때문이겠지만.

도수는 어깨를 으쓱였다.

"아마도요."

"허. 이 사람들이……."

기가 막힌 지 너털웃음을 터뜨린 김광석은 환자를 보며 나지막이 말했다.

"하지만 아직 끝난 게 아니야. 환자에게는 몇 번의 고비가 더 남았어."

"네."

도수의 눈길도 환자에 머물렀다.

살아주길.

두 사람이 진지해지자 매디 보웬이 손가락을 퉁기며 화제를 돌렸다.

"아! 여기 찍은 거."

카메라 모니터.

그 안에는 수술 장면이 담겨 있었다. 각도상 도수의 손 기술이나 환자의 몸속까진 보이지 않았지만 대화하는 목소리, 의료 도구들의 전환만 봐도 당시 상황이 얼마나 위급했는지 짐작이 갔다.

환자 상태가 얼마나 심각했는지는 김광석의 머릿속에 있었고.

그 모든 것들을 접목시킨 김광석은 손발을 접었다 폈다 가만히 둘 수가 없었다. 절로 긴장이 되었기 때문이다.

"후우. 골든아워가 무의미한 환자를… 30분도 버티기 힘들었던 사람을 이렇게 빨리 수술하다니."

직접 보지 않아도 도수의 손이 얼마나 빨랐는지 짐작이 갔다.

매디 보웬의 서포터도 한몫 단단히 했을 테고.

"이 자료가 공개되면 학계가 들썩이겠군……."

중얼거리던 그는 도수를 보며 물었다.

"환자 케어도 자네가 직접 할 건가?"

담당의가 되겠냐는 뜻.

도수는 고개를 저었다.

"그건 닥터가 하시는 게 좋겠습니다. 전 약품에 대해선 잘 몰라요."

김광석은 고개를 끄덕이면서도 눈을 반짝였다.

'최고의 수술 실력을 가진 반쪽짜리 의사라.'

어느새 그는 도수를 한 명의 의료인으로 인정하고 있었다. 교육기관에서 배우지 않았는데도 불구하고 이토록 어려운 수술을 해내는 것만으로도 '세계 7대 불가사의'에 당당히 포함될 만한 일이기 때문이다.

"최선을 다해 힘써보마."

김광석은 기꺼이 환자를 맡았다. 이제 책임 소지는 그에게로 넘어간 셈이다. 지금부터 환자가 사망할 경우 모든 책임은 전담의에게 있었다.

도수가 한마디 더했다.

"감염이 심할 겁니다."

"그렇겠지."

"잘……."

"응?"

기어들어 가는 목소리로 뭐라 말했던 도수는 잠시 틈을 두고 볼륨을 약간 올렸다.

"잘 부탁드립니다."

"하하하하."

김광석은 웃음이 터졌다.

자존심이 쇠심줄 같은 녀석 같으니라고.

"그래, 최선을 다해보마. 힘든 수술도 버텼는데, 잘 버텨주겠
지."

그럴 것이다.

그래야만 한다.

수술이 잘 끝났는데 회복 과정에서 급격히 나빠져서 환자가
사망하는 경우.

의사는 세상을 다 잃은 듯한 허무함과 절망감을 얻기 때문이
다.

'그래도… 자기가 책임 못 질 일은 자청하지 않는군.'

김광석은 한편 안도했다.

도수가 무턱대고 들이대는 부류는 아니란 확신이 들었다.

하지만 도수는 시간이 지나도 자리를 뜨지 않았다.

환자를 빤히 내려다보던 김광석이 고개를 들고 도수와 매디
보웬을 바라봤다. 매디 보웬이야 도수 눈치를 봐서 서 있는 거
고. 도수는 그냥 우두커니 서 있었다.

"뭐 해? 가서 쉬지 않고."

"할 일 하세요."

잠시 침묵했던 도수가 어색하게 말을 이었다.

"…보고 배우려고요."

"흐하하하… 크흠!"

김광석은 헛기침을 하며 웃음을 삼켰다. 그 자신만만하던 도수가 자신을 보고 배운다. 이 사실만으로도 묘한 쾌감이 들었던 것이다.

'배우려고 한다'는 말이 이렇게 안 어울리는 녀석이 있다니.

"세상 의사는 저밖에 없는 것처럼 굴더니… 좋을 대로 해. 후후."

김광석은 도수를 의식하지 않으려 노력하며 환자를 체크했다. 하지만 그건 쉽지 않았다. 그래서 방법을 바꾸어 혼잣말처럼 중얼거렸다.

"감염 여부를 확실히 파악하려면 세균배양 검사를 해야 돼. 하지만 검사 결과가 나올 때쯤이면 환자 상태는 지금보다 악화되겠지. 여기서 더 악화되면 환자는 버티지 못할 거고. 그래서 감염 확률이 높은 환자에게는 예방 차원의 항생제 투입을 하곤 하지."

도수의 눈이 번뜩였다.

언뜻 혼잣말 같지만, 김광석은 알려주고 있는 것이다.

마음 같아선 투시력을 써서 환자의 감염 여부를 확실히 알아보고 싶었지만 오늘 또다시 능력을 썼다간 환자를 살리기도 전에 그가 먼저 황천길을 건널 수 있었다.

해서 그는 듣는 대로 외우기만 했다.

뚜벅, 뚜벅.

움직이는 김광석.

그가 환자들을 보자, 도수의 시선도 따라온다.

마치 그림자처럼 붙어 다니는 도수에게 고개를 돌린 김광석이 물었다.

"다른 환자들 볼 때도 계속 따라다닐 건가?"

"네. 여기 있는 환자들 다 보실 때까진."

"피곤할 텐데?"

"듣는 정도는 할 수 있습니다."

"배우고자 하는 의지가 대단하군. 피도 안 닦고……."

그의 말처럼 아직 도수는 수술할 때 튄 피가 여기저기 엉겨 있었다.

"뭐… 늘상 있는 일인데요."

"대체 어떤 삶을 살아온 건지."

김광석은 내심 혀를 찼다.

한국에서 고등학교를 다니고 있는 딸내미뻘밖에 안 되는 소년. 그런 소년이 피를 뒤집어쓰고 환자 혈관과 장기를 만지는 것에 더 익숙한 것이다.

"언제까지 여기 있을 생각인가? 자네만 원한다면 장군이든 나든, 얼마든 여기서 내보내 줄 텐데."

"지금은 계획 없습니다."

도수는 환자들을 둘러보며 덧붙였다.

"제가 있어야 할 곳은 여기니까요."

라크리마는 매일같이 발생하는 외상 환자들로 넘쳐난다.

그리고 도수는 외상을 다루는 데 특화되어 있었다.

손 하나가 간절한 이 땅에서, 도수는 누구보다 필요한 존재인 것이다.

"……"

그 후 두 사람은 말이 없었다. 김광석은 환자별로 적절한 처방을 하고, 도수는 그저 듣기만 했다.

　그렇게 모든 환자들을 다 둘러봤을 무렵.

　언제 와서 기다리고 있던 매디 보웬이 도수에게 다가섰다.

　"저랑 얘기 좀 해요."

　그녀를 빤히 응시하던 도수가 김광석에게 말했다.

　"많이 배웠습니다."

　그걸 끝으로 도수는 매디 보웬과 함께 의무대를 나섰다.

　밖은 이미 해가 지고 있었다.

　노을로 붉게 물든 모르스 마을은 치열한 내전 지역이라는 게 믿기지 않을 만큼 평화로워 보였다.

　가만히 서서 황홀한 광경에 넋을 놨던 매디 보웬이 퍼뜩 정신을 차렸다.

　"사진도 몇 장 찍었어."

　"풍경 사진이요?"

　"안 어울리게 농담은……."

　고개를 저은 그녀가 말했다.

　"환자, 그리고… 환자를 치료하는 닥터 리."

　닥터 리.

　도수에게 면허가 없다는 걸 알면서도 매디 보웬은 '닥터'라고 칭해주었다.

　도수는 피식 웃었다.

　"그렇군요."

　매디 보웬은 어깨를 으쓱였다.

"그래. 내가 본 수술 장면들도 전부 이 머릿속에 있고. 글발 좀 받겠다. 그렇지?"

"아마도. 그건 그렇고."

도수가 물었다.

"저한텐 무슨 볼일이시죠?"

"얘, 전우끼리 왜 그러니? 일 얘기야."

"일?"

"응. 원래부터 널 일종의 마스코트로 만들 생각이었지만 생각보다 빨리 기회가 왔어. 너와 관련된 정보를 공개하는 부분에서 동의를 얻어야 하거든. 그다음 환자 동의도 얻어야겠지만, 일단 너부터."

"저는 뭐, 이미 각오했던 건데요."

"각오씩이나?"

"얼굴 팔리는 거 별로 안 좋아하거든요."

"하하하하하!"

매디 보웬은 시원한 웃음이 터졌다.

'이 말이 이렇게 웃긴 말이었나?' 싶을 정도로.

"너답다. 잘 어울려."

"그래요? 그건 그렇고."

도수가 뜸을 들이자 그녀가 눈을 동그랗게 뜨고 기다렸다.

그러자, 그의 입에서 듣기 힘든 한마디가 흘러나왔다.

"감사했어요."

"......."

잠시 침묵했던 매디 보웬이 물었다.

"어쩐지 불안한데. 너 사과나 감사 인사 같은 거 잘 안 하잖아."

"할 건 해야죠. 아까 수술, 할 만했어요?"

난데없는 질문.

매디 보웬은 고개를 갸웃하며 대답했다.

"글쎄. 너무 무리해서 눈이 먼 거 아니야? 내 꼴을 좀 봐. 할 만했겠나."

헝클어진 머리카락.

그녀 역시 여기저기 피가 튄 행색.

도수는 마주 웃었다.

"훌륭한 어시스트였습니다."

"…영 불안하긴 하지만 기분은 좋네."

놓칠세라, 도수가 말했다.

"앞으로도 잘 부탁해요."

"그야 당연히… 엉? 뭐라고?"

매디 보웬이 안색을 바꿨다.

"내가 잘못 들은 거지?"

"그럴 리가요."

"앞으로도 나한테 어시스트를 서라고?"

"잘 들으셨네요."

빙그레 웃은 도수가 되물었다.

"어차피 저를 취재하시려면 같이 다니셔야 하는 것 아닌가요?"

"그건 그렇지만……"

"눈앞에서 사람이 죽어가는데 서서 사진만 찍을 거예요?"

"그, 그건 아니겠지만……."

"그럼 앞으로도 저랑 같이 사람 살리시면 됩니다."

"……"

매디 보웬은 뭔가 낚이는 기분이었다.

그러나, 왜인지.

'앞으로도 사람 살리면 된다'는 말이 가슴에 콱 박혔다.

"내가… 사람을 살린 건가?"

"살렸죠. 그것도 생존 확률이 극히 낮았던 환자를."

도수는 의무대가 있는 방향을 응시했다.

"환자가 저기서 회복할 수 있었던 건 모두 기자님이, 그리고 제가 노력했기 때문이에요."

탁.

긴장이 풀린 매디 보웬이 휘청거렸다.

그리고 그 순간.

도수가 손을 뻗어 그녀의 허리를 휘감았다.

"어……."

매디 보웬의 얼굴이 노을처럼 붉어졌다. 그리고 아무 말이나 뱉었다.

"위, 위급한 상황에 날 조수로 부려먹는 건 좋지만… 소장인지 대장인지, 그런 건 또 만지게 하지 마."

"노력해 보죠."

도수는 아무렇지 않은지 씨익 웃으며 그녀를 놔주었다. 그의 뇌리에는 전혀 다른 생각이 들어차 있었다.

'그럴 수 있을 리가.'

*   *   *

다음 날도 도수는 의무대를 찾았다.

아예 여기서 밤을 새웠는지 면도도 안 한 김광석이 그를 맞아 주었다.

"아. 왔나?"

"환자 상태는요?"

"……."

김광석은 심각한 얼굴로 팔짱을 꼈다.

"좋아지지도, 나빠지지도 않아."

"세균배양 검사는요?"

"아직."

"…문제를 찾기가 어렵겠네요."

"맞아. 문제는 찾기 힘든데, 미세하게 계속 혈압이 떨어지고 있다는 게 문제지. 그렇다고 이렇게 부상 범위가 큰 환자를 큰 병원까지 이송해서 샅샅이 검사할 수도 없고."

제한되는 점이 많았다.

바이탈이나 소변, 육안으로 보이는 것만으로는 환자 상태를 파악하는 데 한계가 있는 법.

그러나 도수에게는 이러한 제한점도, 한계도 별문제가 되지 않았다.

샤아아아아.

다시 한번.

도수의 투시력이 발현됐다.

자고 일어나 체력이 회복된 그는 환자 머리끝부터 발끝까지 눈으로 훑었다.

"이건……."

"왜?"

김광석이 묻자 도수가 파편에 다친 왼쪽 다리의 반대, 오른쪽 다리를 덮고 있던 이불을 걷었다.

그러자.

"이게 무슨……!"

김광석은 눈을 부릅떴다.

환자의 오른쪽 종아리 아래가 괴사되고 있었던 것이다.

"설마… 혈전?"

최악의 상황이었다.

안 그래도 왼쪽 다리가 얼마나 회복될 수 있을지 미지수인 상황에서, 나머지 오른쪽 다리까지 혈전이 생기다니.

도수가 고개를 끄덕였다.

"그것도 그냥 혈전이 아닙니다. 감염된 혈전이죠."

"뭐?"

김광석이 믿기지 않는 표정으로 물었다.

"셉틱 쓰롬부스(Septic Thrombus: 세균에 감염된 혈전)라도 된단 말인가?"

맥락상 뜻을 파악한 도수는 담담하게 대답했다.

"맞을 겁니다."

"혈전이 생긴 줄은 어떻게 알았나? 아니, 보는 것만으로 어떻게 혈전의 종류까지 말할 수 있는 거야?"

"지금은 그게 중요한 게 아니죠."

"자네가 어떻게 알았는지 알아야 신뢰할 수 있을 것 아닌가? 혈전이 생긴 거야 우연히 발견할 수도 있는 거니까……."

"어젯밤에 한시도 환자에게서 떨어지신 적 없죠?"

"…그렇지."

"전 방금 막 왔고요."

"……."

"그런데 제가 어떻게 알았겠습니까?"

도수는 환자의 종아리를 통해 반투명하게 보이는 혈전을 노려봤다. 혈관을 막고 응고된 피에 푸르스름한 세균이 맺혀 있었다. 마치 꽉 막힌 수도관 안에 녹이 슨 것처럼.

"이렇게 생각하죠."

"뭘……?"

"혈전이 머리로 안 가서 다행이라고."

"다행이라……."

김광석은 고개를 저었다.

"자네 말이 맞다면 다리를 절단해야 돼. 하지만 어떤 의학적 근거도 없이 환자의 다리를 절단할 순 없네."

다리 절단.

일반적인 의학 상식으로 결국 해야 될 처치는 그 방법이 맞다.

하지만 투시력을 겸비한 도수의 눈에는 다른 해결책이 보였다.

"절단 없이 다리를 살릴 방법이 있습니다."

"뭐?"

또다.

김광석은 눈을 치떴다.

혈전이 생기고 괴사가 진행되고 있는 이상 다리 절단은 불가피한 선택.

시기가 문제일 뿐이다.

보편적인 상식은 그런데… 이 소년은 또 무슨 말을 하고 있는 걸까?

"다리를 살릴 수 있다고?"

"네."

도수는 담담하게 말을 이었다.

"괴사된 조직을 남김없이 도려냅니다. 그다음 혈전이 생긴 혈관 부위를 잘라내면 돼요."

"말이 쉽지."

김광석은 허탈하게 웃었다. 더는 도수의 의견을 무시할 수 없었지만 있는 그대로 받아들일 수도 없었다.

"두 가지만 묻지."

"네."

"어떻게 정상 조직은 내버려 두고 괴사된 조직만 구분해서 제거하겠다는 거지? 그리고 혈전 위치는? 변변한 혈관조영술 장비도 없이 혈관 안에 틀어박힌 혈전을 무슨 수로 찾느냔 말이야."

날카로운 질문이었다.

대부분 여기서 논쟁이 끝났을 것이다.

하지만 도수는 다시 한번 상식을 뒤엎었다.

"두 가지 모두 해결할 수 있습니다."

"뭐?"

김광석의 표정이 묘하게 변했다.

"어떻게? 내 판단으론 불가능한데."

"글쎄요."

도수는 잠깐 고민했다.

투시력을 설명할 길이 없는 까닭이다.

그래서 최대한 뭉뚱그려 대답했다.

"감?"

"…뭐? 감?"

김광석은 어처구니가 없었다.

물론 현대 의학은 경우에 따라 아직 감에 의존해야 하는 부분이 남아 있었다. 하지만 그의 상식으론 지금은 해당되지 않는다.

"환자가 카데바(Cadava: 해부 실습용 시체)라도 되나?"

"카데바요?"

도수가 알아듣지 못하자 그가 정정했다.

"해부용 시체 말이야. 카데바도 모르는 사람이 이런 듣도 보도 못한 수술을 하겠다고?"

"…이렇게 되네요. 데자뷔 현상도 아니고."

"똑같은 레퍼토리 같아도 어쩔 수 없어. 감 타령을 하며 근본도 없는 수술을 하자고 하는데 어떻게 '그래, 하자'고 할 수 있겠나?"

"근본……."

중얼거린 도수가 말을 이었다.

"전 전쟁터에서 이와 비슷한 케이스를 많이 접했습니다. 괴사가 진행되고 절단을 해야 할지도 모르는. 하지만 저는 매번 절단 없이 수술을 끝냈습니다."

김광석은 도수의 두 눈을 똑바로 직시했다. 몇 차례 수술 사례를 통해 무턱대고 달려드는 녀석은 아니라는 것을 확인했다. 허언증 환자가 아니라는 것도.

그렇다고 해도 무조건적으로 믿고 받아들이기에는 그가 지금까지 쌓아온 의학의 깊이가 너무 깊었다.

"그때도 혈전이 문제였어?"

"몇 번은요."

도수는 그를 마주 보며 말했다.

"잘 생각해 보세요. 닥터는 계속 안 된다고 했어요. 전 원래 말을 안 듣는 체질이니 말을 안 들었고. 결과는 성공적이었습니다. 이런 식상한 전개는 이쯤 하죠?"

도수 역시 답답한 마음에 한 말이겠지만, 그 말이 김광석의 심기를 건드렸다.

"무례하군."

눈가를 찌푸린 그가 덧붙였다.

"그래, 한두 번? 기적 같은 결과를 이뤄냈어. 그건 인정하지. 네 공을 깎아먹을 생각 없다. 하지만 의사의 판단 한 번, 손짓 한 번에 환자의 생사가 갈려. 그에 비해 네 근거는 항상 너무 빈약하다. 내가 매번 막아서는 이유를 알겠나?"

"그럼 제가 물러서지 못하는 이유도 아실 텐데요."

도수는 지지 않고 받아쳤다.

"환자의 다리를 살릴 수 있습니다. 그런데 닥터는 절단하려고 하죠. 어떻게 물러서겠어요?"

"······."

"······."

두 사람의 시선이 허공에서 부딪쳤다. 마치 불꽃이 튈 듯한 기 싸움.

누구 한 명 틀린 사람이 없었다.

환자를 위한 선의(善意)도 똑같았다.

다만 좁힐 수 없는 의견 차가 있을 뿐이다.

"···어렵구나."

중얼거린 김광석이 입을 열었다.

"타협하자."

"타협?"

"그래, 타협. 네가 살려낸 환자이니 수술을 감행하는 것까진 관여하지 않겠다."

"그럼요?"

"내가 어시스트를 서지."

"수술에 반대하는 분을 데리고 들어가라고요?"

"여기 수술에 찬성하는 사람이 있을 거라고 생각하나?"

되물은 김광석이 다른 의료진들을 턱짓했다. 도수가 시선을 좇자 의료진들은 어색한 표정을 지었다. 하지만 그들의 눈빛에 서린 불신만은 지울 수 없었다.

김광석이 말을 이었다.

"내가 어시스트로 들어가는 이유는 간단해. 네가 조금이라도 망설이는 기색을 보이는 즉시 난 수술을 중단시키고 무릎 아래를 절단한다. 그럼 적어도 환자 목숨이 위협받을 일은 없겠지."

자신의 수술에 확신이 없다면 잠시도 망설이지 않는 건 불가능했다. 아니, 확신이 있더라도 힘든 일. 하지만 이렇게라도 모두에게 신뢰를 줄 수 있다면······.

도수는 담담하게 승낙했다.

"좋습니다."

어차피 김광석이 마음먹고 막으려 든다면 애초에 시도도 못할 수술이었다.

그나마 그가 수술을 허락한 것은, 그동안 도수가 보여준 사례들. 그리고 환자의 다리를 살릴 수 있을지 모른다는 만에 하나의 가능성 때문이다.

김광석의 제안 덕분인지 의료진들도 어느 정도 안도한 표정이었다.

그들을 보던 도수가 김광석에게 고개를 돌리며 말했다.

"이번에도 성공한다면 앞으론 제 의견을 막지 말아주셨으면 합니다. 매번 이러는 거, 진이 다 빠져서요."

"최대한 노력해 보지."

도수는 고개를 끄덕였다.

"그럼 이제 수술방 잡아주세요."

틀린 판단이 아니란 걸 보여 드리죠.

그는 뒷말을 생략했다.

                    *   *   *

　김광석이라는 산을 넘을 수술 준비는 일사천리로 진행됐다.

　김광석은 만에 하나라도 환자의 다리를 살릴 수 있다면 지금
뿐이라는 사실을 알고 있었기에 도수가 제시한 해결책에 대해
꼬치꼬치 캐묻지 않았다. 어차피 그의 상식으론 곧장 납득할 수
없기 때문이다.

　그는 자신이 해야 할 일에 집중했다.

　"보호자랑은 연락됐나?"

　김광석이 물었지만 간호사는 고개를 저었다.

　"입원한 후 계속 신원 파악을 하고 있는데… 파악이 안 되고
있어요."

　"어쩔 수 없군."

　이런 전쟁 통에는 일일이 신원 확인을 하기 힘들다. 다들 뿔
뿔이 흩어져서 직계가족은커녕 연고자를 찾기도 힘든 것이다.

　중환자실에 비상이 걸린 건 그때였다.

　막사 문을 확 열어젖힌 병사가 외쳤다.

　"파편 박힌 환자 수술 들어갔습니까?"

　안에 있던 의료진의 고개가 동시에 돌아갔다.

　가장 먼저 물은 건 김광석이었다.

　"무슨 일이지?"

　"그게… 보, 보호자가 왔습니다."

　"왜 그렇게 말을 더듬어?"

"그, 그게, 그 환자가 라크리마 총리님의 장남인 것 같습니다."

"뭐?"

"지금 총리님이 방문하셨습니다."

김광석은 환자의 신원 파악이 안 됐던 이유를 깨달았다.

"그랬군. 거기까진 알아보지 않았겠지… 어쩌다 총리 아들이 그런 테러에 휘말릴 수가 있는 건지."

뜻밖에, 도수가 대답했다.

"그를 노렸을 수도 있죠."

"뭐?"

"총리 아들이니까. 반군이 비난을 감수하기에 충분한 이유잖아요."

"아……!"

모두가 탄성을 흘렸다.

왜 아무도 그 생각을 못 했을까?

대통령이 공석인 지금 라크리마의 전권은 총리한테 있었기에, 그의 아들을 건드리는 것은 정부군을 도발하는 계기가 될 수 있었다. 안 그래도 근래 반군의 공습이 잦아진 걸 감안했을 때 어느 정도 앞뒤가 맞아떨어진다.

"그 말이 맞다면… 이 환자가 라크리마 전체의 국운을 결정할 핵심적인 인물이 될 수도 있겠구나."

김광석이 새삼스러운 눈으로 도수를 바라보는 그때.

정신을 차린 병사가 말했다.

"아……! 그보다 총리님께서 곧 이쪽으로 오실 겁니다. 환자 상태를… 조금이라도 긍정적으로 보여주라는 지시가 있었습니다."

병사의 시선이 향한 곳.

아직 수술 부위를 닫지도 않고 거즈로 감아둔 환자가 보였다. 거즈에 피가 배어 나오고 있었다. 뿐만 아니라 가슴, 배, 다리 세 곳을 같이 수술했기 때문에 수술 부위를 보는 것만으로도 끔찍했다. 인공호흡기나 소변 주머니는 물론 그 외에도 각종 장치들이 주렁주렁 달려 있는 것이다.

"…이런 상태를 보면 총리께서 기절하실 테니까요."

그때 도수가 끼어들었다.

"별수 없어요. 줄 하나라도 떼어내면 환자는 사망합니다. 전혀 긍정적이지 않은데 어떻게 긍정적으로 말해요?"

"넌 자꾸 누군데 끼어들……!"

발끈한 병사가 추궁하는 찰나.

김광석이 고개를 주억거렸다.

"아니. 그 친구 말이 맞아. 뭐 어떻게 할 수가 없네. 환자 상태는 죽은 자를 살려낸 수준이야. 아직 안심할 수 없는 상태고."

그 순간.

막사 문이 열리며 할리 무어 장군의 공석을 대신하고 있는 맷 에버스만 소령이 들어왔다. 정장을 정갈하게 갖춰 입은 아프리카계 흑인 남자를 대동한 상태로.

"이쪽은 리에크 가이 총리님이네."

라크리마 총리, 리에크 가이가 내부를 훑었다.

"내 아들 제임스는 어디 있습니까?"

초조한 눈빛.

도수가 비켜섰다.

그러자 눈가를 일그러뜨린 리에크 가이 총리가 덜덜 떨면서 다가왔다.

"내 아들… 내 아들이 맞습니까?"

"그렇습니다."

김광석이 대답했다.

맷 에버스만 소령은 눈을 질끈 감았다.

리에크 가이 총리가 환자를 만지려는 순간 도수가 말했다.

"감염될 수도 있어요."

그는 소독약을 내밀었다.

리에크 가이 총리는 손을 소독하며 물었다.

"어느 분이 담당 의사 선생님이십니까?"

자연스럽게 김광석을 보는 그.

그러나 김광석이 대답했다.

"현재 주치의는 이쪽입니다. 수술도 이분이 하셨고요."

도수를 본 리에크 가이 총리의 눈동자가 당혹감으로 물들었다.

"이렇게 젊은 분이… 수술을 하신 겁니까?"

"그렇습니다."

이번에 대답한 건 도수였다.

"그리고 막 다른 수술을 들어가려던 참이었죠."

"다른 수술이요?"

"다리에 혈전이 생겼습니다. 이 문제를 해결하려면 다리를 절단하거나 수술을 해야만 해요."

"뭐요? 절단이라고 했습니까?"

"…그렇게 되지 않기 위해 수술을 하려는 겁니다."

리에크 가이 총리는 소독약을 내려 두며 아들을 응시했다. 그러고는 뭔가 결심한 듯, 의료진과 맷 에버스만 소령을 둘러봤다.

"내 아들을 옮기겠습니다. 우리 라크리마에서 가장 유능한 의사가 있는 곳으로."

"아뇨."

도수는 칼같이 말했다.

"이송 도중 사망할 가능성이 커요. 만약 살아서 도착한다고 해도, 혈전 때문에 괴사 중인 다리를 절단해야 할 겁니다."

"말을 쉽게 하는군!"

리에크 가이 총리가 눈을 부라렸다.

"내 아들은 그리 약하지 않소. 제대로 치료를 받을 수 있는 곳으로 옮기겠소!"

도수는 고개를 저었다.

"마지막으로 말씀드리죠. 아드님이 사망할 수 있습니다. 지금도 지옥에서 끌어 올려 간신히 숨만 붙여둔 상태예요."

"뭐… 뭐?"

리에크 가이 총리가 도수의 멱살을 틀어쥐었다. 워낙 거구인데다 힘도 세서 도수쯤은 실에 매달린 인형처럼 이리저리 흔들렸다.

"말이면 다인 줄 아나?"

이를 지켜보고 있는 김광석은 눈앞이 깜깜했다. 도수는 의사 면허도 없는 인물. 만약 이 사실이 알려진다면 뼈도 못 추릴 터였다.

"진정하십시오!"

리에크 가이 총리의 팔에 매달린 그가 말했다.

"이 친구는 아드님을 살린 의사입니다! 누구라도 그 상황에서 아드님을 살려낼 순 없었습니다! 그만큼 위중한 상태였어요……!"

설명을 들은 리에크 가이 총리의 몸짓이 조금 느슨해졌다.

"그게 사실이오?"

"이렇게 말씀드리겠습니다. 저는 포기한 환자였습니다. 아니, 저 아니라 어떤 의사라도 마찬가지였겠지요. 그럼에도 이 친구는 포기하지 않고 의료인으로서의 소임을 다했습니다. 결국 아드님께서도 회생할 기회를 얻으셨고요. 수술 성공률이 1퍼센트도 되지 않는, 전례 없는 수술을 성공시킨 겁니다."

그제야 리에크 가이 총리는 손을 놓았다.

"그 말이 사실이라면… 여기 이 젊은 의사 양반만이 내 아들을 살릴 재주가 있단 말이오?"

"믿기 힘드시겠지만, 그렇습니다."

김광석은 침을 튀겨가며 도수를 변호했다.

"현재로선 이 친구뿐이 아드님을 회복시킬 가능성이 있습니다. 어쩌면… 다리도 살릴 수 있을지 모릅니다. 그 어떤 의사도 못 하는 수술을 척척 해내는 친구니 믿고 맡겨주십시오."

리에크 가이 총리가 맷 에버스만 소령을 보았다.

"사실입니까?"

"…아마도 사실일 겁니다. 병원에서도 포기한 저희 장군님을 살려낸 것도 바로 그 젊은 의사 양반이니까요."

그는 환자에게 시선을 돌리며 말을 이었다.

"잘은 모르지만 이토록 뛰어난 의사가 이런 오지에 있다는 건 축복 같은 일입니다. 총리님 마음이야 충분히 이해합니다만… 좀 누그러뜨리고 최선을 생각하십시오."

"……."

리에크 가이 총리는 두 사람의 의견을 들은 후에야 이성을 되찾았다. 멱살을 잡을 때가 아니라 통사정을 해도 모자랄 판인 것이다.

"미안하군."

도수에게 사과한 총리가 말을 이었다.

"내 아들 일이라 너무 과했소. 용서하시오."

앞섶을 툭툭 턴 도수는 고개를 저었다.

"됐습니다."

그는 리에크 가이 총리를 똑바로 직시했다.

"시간이 없어요."

전혀 위축되지 않은 강렬한 눈빛.

방금까지 멱살을 잡힌 사람이라고 믿기지 않을 만큼 당당했다.

"…부탁합니다."

마침내 리에크 가이 총리의 사과 겸 동의가 떨어졌다.

그러자 고개를 한 번 끄덕인 도수는 일전 총리 소식을 알리러 왔던 병사의 가슴팍을 툭툭 두드렸다.

"닥터."

"예… 옛?"

병사가 당황하자.

그가 덧붙였다.

"아까, 나보고 누군데 자꾸 끼어드냐고 묻길래."

"······!"

그제야 상황 파악을 한 병사가 크게 대답했다.

"죄송합니다! 너무 어려 보이셔서 몰라봤습니다!"

"됐고. 조심하세요."

나지막이 경고하는 도수.

그를 보던 김광석은 고개를 절레절레 저었다.

제7장

환상의 호흡

잠시 후.

김광석과 도수는 수술대를 사이에 두고 다시 마주 섰다.

도수를 빤히 쳐다보던 김광석은 의문을 갖지 않을 수 없었다.

'정말 자신하는 건가?'

단 한순간도 망설이지 않기로 했다.

망설이는 즉시 칼자루는 김광석에게 넘어갈 터.

그러나 혈전을 찾아내 제거하는 수술은 그리 간단치 않았다.

괴사된 조직, 혈전이 박혀 있는 혈관을 정확히 구분해야 하는 수술. 환자 몸속을 지도를 보듯 들여다보지 않는 이상 물 흐르듯 수술을 진행하는 건 불가능한 것이다.

아니, 백 보 양보해 지도처럼 들여다보는 게 가능하다고 해도 누군가 내비게이션처럼 안내해 주지 않는 이상 잠시도 망설이지 않는 건 말이 안 된다.

'어쩔 생각이지?'

그런 김광석의 복잡한 머릿속을 아랑곳하지 않고.

도수는 평소처럼 수술을 준비했다.

"혈액은 얼마나 준비됐죠?"

"A형 피 한 팩, O형 피 한 팩 준비되어 있습니다."

도수는 고개를 끄덕였다.

적혈구 수혈 한 팩 용량은 150cc.

수술에 들어가면 최소 한 팩은 필요하고 많으면 세 팩까지도 필요하다.

계획대로 간단한 수술로 끝난다면 두 팩이면 충분하겠지만, 만약 절단하게 될 경우 수술 후에도 손실되는 혈액량이 많기 때문에 두 팩으론 부족할 수 있는 것이다.

김광석은 그 점에 집중했다.

"최대한 빨리 수술을 끝내야겠군."

근래 연달아 사건이 터지는 바람에 의무대에서 확보하고 있는 혈액을 많이 소모한 상태. 아프리카 라크리마 자체가 헌혈 문화가 발달한 나라가 아닌 탓에 추가적으로 구할 수 있는 경로도 많지 않았다.

그는 간호사에게 고개를 돌리며 덧붙였다.

"웬만한 건 내가 직접 할 테니 혈액 더 확보할 수 있는지랑, 절단 준비 좀 부탁하지."

"절단이요?"

간호사가 눈을 동그랗게 떴다.

수술실에 들어오기 전 들었던 바로 오늘 진행할 수술은 절단 수술이 아니었기 때문이다.

반면 김광석은 고개를 끄덕였다.

"그래. 상황에 따라 절단하게 될 수도 있어. 거기 자넨 보호자한테 수술 진행 도중 절단할 수도 있다고 얘기하고 보호자 동의받아 오도록 해. 만약 상태가 안 좋은 경우 지금 절단하지 않으면 절단 부위가 더 늘어날 테고, 목숨까지 위험해질지도 모른다고 설명하고."

"알겠습니다."

간호사 둘이 빠릿빠릿하게 움직였다.

한 명은 다른 한쪽에 절단 기구를 준비하고, 나머지 한 명은 수술실을 나간 것이다.

분주한 움직임에도 도수는 개의치 않았다.

"그럼 시작하겠습니다."

동시에 김광석이 메스를 내밀었다.

턱.

칼을 받은 도수가 마스크 위로 눈을 치켜떴다.

"이런 것까지 직접 하실 생각이십니까?"

"물론."

간결한 대답.

그리고 강렬한 눈빛.

김광석이 무언의 압박을 해왔지만 도수는 눈 한 번 깜빡이지 않고 메스를 받아 들었다.

스으으윽.

거침없이 다리를 파고드는 메스 날.

동시에 출혈이 발생하며 근육과 혈관들이 모습을 드러냈다.

도수가 입을 열기도 전에, 김광석이 세척액을 준비해 놨다.

"이리게이션."

"…이리게이션."

도수는 세척액을 붓고 석션을 병행했다. 어느 정도 안쪽이 깨끗해진 그때.

메스가 돌아왔다.

"솜씨 좀 보자고."

한발 앞서서 손을 맞추는 김광석.

잠시 그를 응시하던 도수는 칼을 받아 근육을 절제했다.

석, 서걱.

근육의 결을 따라 칼끝이 움직인다. 마치 생선 살을 바르듯이.

곁에서 이 모습을 보던 김광석은 혀를 내둘렀다.

"역시… 정교해."

새카맣게 괴사된 조직들은 오래 버티지 못하고 금세 떨어져 나갔다.

떨어져 나간 조직에 멀쩡한 부분은 보이지 않았다.

언제 봐도 놀랍도록 예리하고 깔끔한 솜씨.

툭.

괴사된 조직을 여러 차례 떼어낸 도수는 고개를 들었다.

"거즈."

말이 떨어지기 무섭게.

김광석이 거즈로 절개 부위를 닦았다.

"육안으로 보기엔 대충 다 제거된 것 같지만……."

그는 말끝을 흐렸다. 혹시라도 괴사된 조직이 남았다면 다리 전체가 다시금 썩어 들어갈 수 있는 까닭이다. 그래서 통상적으로 대략적인 절제를 하게 마련인데 도수는 딱 필요한 부분만 잘라냈다.

"다 된 것 맞나?"

도수는 미세하게 고개를 끄덕였다. 빛을 머금은 그의 눈에는 어디부터 어디까지 괴사됐는지, 또 얼마나 괴사됐는지 모든 게 훤히 보였기 때문이다.

"이제부터 혈전을 제거하죠."

선홍빛 생기를 띠고 있는 조직들.

더 이상 거무죽죽한 조직이 보이지 않는 다리의 각도를 틀은 도수가 손을 쑥 집어넣었다.

"음……!"

김광석이 신음을 흘렸다.

조금의 망설임도 느껴지지 않는 도수의 움직임을 볼 때마다 심장이 제멋대로 울렁대기 때문이다. 철렁 내려앉았다가도 미친 듯이 뛴다. 불안감 반, 기대감 반이 공존하는 감정.

도수는 그사이 혈관을 낚아챘다.

슥!

미끄러운 혈관이 단번에 잡혔다.

"클램프(Clamp: 혈관 집게)."

도수의 오더가 더 빨라졌다. 미리미리 수술 도구를 준비해 주던 김광석의 템포를 앞질러서 한발 빠르게 속력을 내고 있는 것이다.

'빠르다.'

김광석의 호흡도 덩달아 가빠졌다.

"클램프."

턱.

클램프를 손에 넣은 도수는 혈전이 틀어막고 있는 혈관의 한 부분을 콱 집었다.

"혈압은요?"

"아직 괜찮아."

김광석이 대답했다. 환자의 맥박이 조금 빨라지고 혈압도 떨어졌지만 수술에 동반된 출혈로 인한 불가항력적인 상황일 뿐이었다.

하지만 문제는 이제부터였다.

김광석은 가위를 내밀었다. 가위를 잡은 손이 잘게 떨렸다.

"혹시라도 혈전이 막고 있는 위치를 잘못 파악해서 혈전이 부서지기라도 하면⋯⋯."

"알고 있습니다."

도수는 가위 손잡이를 잡고 말했다.

"혈전이 전신으로 퍼져서 돌이킬 수 없게 되겠죠."

"그래. 그렇게 되면 정말 손쓸 수 없게 될 거야."

"⋯⋯."

두 사람의 눈빛이 허공에서 부딪혔다.

결국, 가위를 손에서 놓은 건 김광석이었다.

"누군가를 믿는 게 이토록 힘든 일인 줄 몰랐군."

"사람 목숨이 걸렸으니까. 이해합니다."

도수는 가위를 혈관으로 가져갔다.

그리고 마침내.

서걱.

혈관이 잘려 나갔다.

흔들림 없는 손동작.

뭐라 말릴 새도 없었을 뿐더러 이미 수술 방향을 돌리기엔 늦었다.

"네가 맞았으면 좋겠다."

김광석의 한마디.

도수는 고개를 끄덕였다.

"딱 혈전이 막은 부분만 절제했어요."

누구라도 믿기 힘든 이야기.

하지만 도수니까 가능했다. 혈전이 막고 있는 부분, 혈관 속까지 투시할 수 있는 도수만이 할 수 있는 일이었다.

"타이."

김광석이 실과 바늘을 건넸다.

이어지는 봉합.

'수술을 운동화 끈 묶는 것에 비유했었지.'

김광석은 도수가 했던 말을 떠올리며 허탈한 기분에 사로잡혔다. 의사로서의 지식이나 이론에는 인턴에도 비할 바가 못 됐지만 진단과 수술에 있어서만은 인정하지 않을 수가 없었다. 대체 어떻게 하는지 짐작도 안 갈 정도로.

"정말… 잠시도 망설이지 않는군."

어쩌면.

진단과 수술에 있어선 김광석 자신보다 뛰어나다.

그걸 부정할 수가 없었다.

"수술은 잘된 건가?"

그 역시 외과의란 사람이, 어시스턴트로 처음부터 끝까지 지켜봤으면서도 그것조차 알 수 없지 않은가?

이런 마음을 아는지 모르는지 도수는 고개를 끄덕였다.

"잘됐어요. 다리는 절단하지 않아도 될 겁니다."

"진짜로?"

"네."

김광석은 쉬이 믿기지 않았다.

절단이 확실해 보였던 환자 다리를, 이런 간단한 수술만으로 살릴 수 있다고?

'이론상으로 가능하다고 해도……'

괴사된 조직과 혈전만 정확히 제거할 수 있는 외과의가 전 세계에 몇 명이나 될까.

그것도 잠시의 망설임 없이.

"진짜 잘됐는지 확인할 수 없으니 끝나면 검사를 의뢰해 보자고."

그 전까진 환자 상태 자체가 시간 싸움이었다. 그래서 응급 수술이 필요했던 것.

하지만 이젠 시간을 벌었다.

그리고 어쩌면, 도수가 장담한 대로 완전히 회복할 길이 열렸을지도 모른다.

"…어쨌든 수고 많았다. 지쳐 보이는데 마무리는 내가 하지."

실제가 그랬다.

도수는 안색이 파랗게 질려 있었다.

어차피 큰 고비는 넘긴 상황.

도수가 장갑을 벗으며 말했다.

"그러시죠."

비 오듯 흘린 땀으로 푹 절은 수술복. 수술 내내, 한순간도 투시력을 늦출 수 없었다.

"후우."

매번 투시력을 쓸 때마다 느끼는 거지만 쉽지 않았다. 어릴 적에 비해 몸과 체력이 모두 성장해서 더 긴 시간 동안 유지할 수 있게 됐지만 체력 관리에 조금만 소홀하면 또 사용 시간이 절감된다.

'다시… 운동 좀 해야겠어.'

그가 바통을 넘기고 물러서자, 그 자리를 차지한 김광석이 손을 뻗으며 말했다.

"타이."

*   *   *

'완벽해.'

수술실 안의 상황을 모두 모니터로 지켜본 매디 보웬은 감탄을 금치 못했다.

도수가 입을 떼기도 전에 김광석은 척척 필요한 수술 도구들을 건네주었다. 그리고 수술 도구를 받은 도수는 순식간에 수술을 진행했다.

두 사람은 잠시도 쉬지 않았다.

딱 맞는 퍼즐처럼 하나의 그림이 되어 움직였다.

큰 강줄기처럼 수술이 막힘없이 흘러갔던 것이다.

'대체 얼마나 많은 경험이 쌓이면 저렇게 할 수 있는 걸까?'

그녀는 얼마 전 어시스트를 해본 적이 있었기에 더욱 놀랄 수밖에 없었다.

자리에 못 박힌 듯 서 있던 그녀는 카메라 모니터로 시선을 내렸다.

'지난 몇 번의 수술… 세상이 발칵 뒤집힐 거야.'

모니터 안.

그곳에선 김광석과 도수가 손발을 맞추는 장면들이 흘러나오고 있었다.

* * *

수술방을 나선 도수.

그는 즉시 막사를 나서지 않고 간이용 침대에 누웠다.

'말할 필요가 없었어.'

김광석과의 호흡.

그건 다른 의료진과 손발을 맞출 때완 차원이 다른 쾌감이었다.

입을 열기도 전에 수술 도구가 준비되어 있고, 어떤 돌발 상황이 벌어져도 대응할 수 있을 것만 같았다.

만약 어시스트를 해준 사람이 김광석이 아니었더라면 이렇게 물 흐르듯 수술을 진행하진 못했을 것이다.

도수는 피로한 눈을 감고 손을 마사지했다.

'누가 보조해 주냐에 따라⋯ 훨씬 더 많은 사람을 살릴 수 있다.'

그 순간.

뇌리로 비명 소리가 울려 퍼졌다.

"⋯⋯!"

폭음과 총성이 잇따랐다.

부모님 죽음 이후 매일같이 꾸는 꿈.

도수는 다시 그 현장에 서 있었다.

'꿈⋯ 이건 꿈이야.'

그는 자각하고 있었다.

'이런 꿈 따위⋯⋯!'

두렵지 않다.

도수는 무의식중에 주먹을 움켜쥐었다.

어차피, 이 땅에선 하루하루가 목숨 건 사투다.

전쟁터를 전전하면서 느끼는 희망이라곤 누군가의 '생명을 회생시킬 수 있다는 것' 하나뿐이다. 그렇게 사람을 살리고 나면 화재가 진화되듯 치유되는 느낌을 받았다. 그렇기에 머릿속에 지옥 같은 기억을 품고도 버틸 수 있는 것이다.

어쩌면⋯ 그래서 이곳을 떠나지 못하는 건지도.

바로 그때.

어렴풋이 방송이 들려왔다.

―닥터 리… 응급 상황…….

안개처럼 누군가의 목소리가 귓전을 맴돌았다.

침대에서 덩굴이 솟아올라 그를 옭아매고 잡아끄는 것처럼 일어나지지가 않았다.

분명 의식은 깨어 있는데 몸이 말을 듣지 않는다.

'으아아아아!'

그렇게 소리 지른 것 같지만.

목소리는 나오지 않았다.

몸을 들썩이며 스르륵 눈을 떴을 뿐이다.

관자놀이를 타고 식은땀이 흐르는 게 느껴졌다.

'살아 있나?'

이럴 때면, 죽음이 코앞까지 찾아왔다가 떠난 기분이 들곤 했다.

그러고 나서야 현실로 돌아왔다.

'살아 있다!'

도수는 벌떡 몸을 일으켰다.

그러자 흐릿하던 방송이 또렷하게 들려왔다.

―닥터 리, 닥터 킴 다시 수술실로 와주세요! 응급 상황입니다!

"응급 상황?"

그럴 리가.

수술은 잘 끝났다.

김광석이 간단한 마무리를 실수할 리도 없다.

그럼 왜……!

도수는 부리나케 수술실로 달려갔다.

"젠장……!"

이미 김광석은 수술방 안에 있었다. 다급한 몸짓. 의료진들이 분주하게 움직이고 있었다.

때마침 일직선을 그리는 바이털사인(Vital Sign: 활력 징후).

"어레스트(Arrest: 심정지)!"

외침과 함께 심폐소생술을 실시하는 의료진.

그리고.

"150줄 차지!"

김광석은 제세동기를 환자의 가슴으로 가져갔다.

"샷!"

쾅!

환자의 가슴이 들썩였다.

고개를 돌려 바이탈 사인을 체크하는 김광석.

그러나 바이탈은 돌아올 기미가 보이지 않았다.

'저래선 안 돼.'

충격을 올린다고 해서 환자의 심장이 돌아올 것 같지 않았다.

지금 이 순간에도 시간은 계속 흐르고 있다.

이 이상 조금이라도 지체되면 환자가 사망할 게 불 보듯 빤했다.

"200줄!"

김광석이 외치는 순간, 도수가 확 끼어들었다.

"칼!"

"뭐?"

김광석은 눈을 부릅떴다.

"뭐 하는 건가? 나와!"

"칼!"

도수가 버럭 외쳤다.

촌각을 다투는 상황.

간호사는 화들짝 놀라며 엉겁결에 메스를 건넸다.

그러자 김광석 교수가 외쳤다.

"지금 뭣들 하는……!"

그는 더 이상 말을 잇지 못했다.

좌악!

가슴을 죽 가른 도수.

그는 다시 개흉(開胸)을 해버린 것이다.

"환자 죽이려고 작정했어?!"

김광석이 소리쳤다.

안 그래도 위중한 환자의 몸에 절개 부위를 한 곳 더 늘린 셈이다.

하지만 도수에게는 그런 사실 따윈 중요치 않았다. 일단 목숨만 붙여두면 회복할 가능성이라도 있다.

"그냥 둬도 죽습니다."

도수는 손을 멈추지 않았다.

주변 반응에 신경 쓸 여력이 없었다.

샤아아아아아아.

투시 능력이 발휘되는 순간.

흰자의 몸이 반투명하게 그려지기 시작했다.

"스읍."

숨을 들이쉰 그는 복장뼈를 잘랐다. 뼈 아래 혈관들이 거미줄처럼 눈에 들어왔으나 일일이 피할 수는 없었다.

투둑, 툭⋯⋯!

혈관들이 잘려 나가며 출혈이 발생했다.

"거즈⋯⋯."

오더를 내리던 도수의 음성이 멎었다.

이미 김광석이 거즈를 대고 있었던 것이다.

"조심해야 한다. 자칫 심장을 찌르지 않으려면."

도수는 고개를 끄덕였다.

섬세한 작업이 필요하다.

석, 서걱.

복장뼈가 완전히 잘렸다.

그러자 심막이 그 모습을 드러냈다.

'빠르군.'

김광석은 감탄을 속으로 삼켰다. 흉부외과와 일반외과, 양쪽 모두 능통한 그가 보기에도 눈부신 속도였다.

아니나 다를까.

그사이 도수가 심막을 열었다.

석, 서걱.

마침내 심장이 실물로 보였다. 뛰고 있어야 할 심장이 멈춰 있었다.

시간이 없다는 뜻이다.

도수는 망설이지 않고 맨손을 찔러 넣었다.

푹!

그는 눈을 감고 사람의 심장이 뛰던 장면을 기억했다. 일반인들에게는 보이지 않지만, 그의 눈에는 똑똑히 보였던 그 심장박동을.

'하나, 둘, 셋, 넷……'

도수는 숫자를 세며 템포를 맞췄다. 심장을 가볍게 감싸 쥔 그는 템포에 맞춰 손을 쥐락펴락 움직였다. 심장을 직접 마사지하는 것이다.

'제발……!'

진땀이 흘렀다.

'제발 다시 뛰어라……!'

도수는 자신을 믿었다. 그리고 환자를 믿었다. 소생할 거라고. 수술 때마다 예민한 청각을 이용해 들었던 심장박동대로, 투시력으로 보아왔던 건강한 심장의 움직임대로 수축과 이완을 반복했다.

'하나, 둘, 셋, 넷……'

이 순간만은 도수의 돌발 행동에 경악했던 의료진들도 손에 땀을 쥔 채 환자의 생존을 염원하고 있었다.

그렇게 잠시.

도수의 이마로 땀방울이 주르륵 흐르고.

김광석은 눈을 질끈 감았다.

'끝났군.'

바이탈은 수평을 유지한 채 돌아오지 않았다.

눈을 뜬 김광석이 도수를 지그시 보며 말했다.

"그만하지. 우린 최선을 다했어."

"……."

손을 멈춘 도수.

그가 입을 열었다.

"에피네프린(Epinephrine: 아드레날린으로도 불리며, 호르몬과 세포 신호전달물질로 작용한다)."

"지금 무슨……!"

도수는 시계를 봤다.

수술방에 다시 들어온 지 3분 27초.

"에피네프린!"

도수의 눈은 광기에 젖어 있었다.

이미 심연까지 끌려 들어간 환자를 끄집어내야 한다는 일념.

그것만이 그를 움직였다.

"여, 여기……!"

간호사가 건넨 주사기를 받은 도수는 거침없이 심장에 바늘을 찔러 넣었다.

푸욱!

"……!"

김광석은 눈을 부릅뜬 채 지켜볼 수밖에 없었다. 그가 보기에 도수의 행동은 사체를 훼손하는 행위로밖에 비추어지지 않았다.

아무리 죽은 자라 해도, 지켜야 할 예의란 게 있다. 지켜야 할
절차란 게 있는 것이다.

"다 했나?"

그는 굳은 얼굴로 말을 이었다.

"방금 행동은······."

그때.

삑— 삑— 삑— 삑—

바이탈사인이 변화를 일으켰다.

자리에 있던 의료진들의 눈이 커졌다.

"어······?"

"시, 심장이······!"

"심장이 뜁니다! 바이털이 돌아왔어요!"

도수의 턱에 걸려 있던 땀방울이 바닥에 떨어졌다.

방금 전까지 육체를 떠났던 환자의 영.

그 영혼을 잡고 강제로 끌어다 들어앉힌 것이다.

그의 시야로, 다시 뛰는 심장이 들어왔다.

두근··· 두근··· 두근······.

김광석은 심장과 도수를 번갈아 보더니 입을 더듬었다. 그러
더니, 이내 횡격막 바닥에서부터 끌어 올린 듯 깊은 한숨을 뱉어
냈다.

"후우··· 진짜··· 못 당하겠군. 수술 몇 번만 더 들어왔다간 내
가 어레스트 나겠어."

그러자 수술대에서 한 발 물러선 도수가 대답했다.

"이번에는 자신 없었어요."

"…이런 대담한 짓을 저지르고?"

"아무것도 하지 않으면……."

숨을 돌린 도수가 말을 이었다.

"아무것도 하지 않으면 환자는 사망할 테니까요."

"미친 게 확실해. 확실히 제정신은 아니야."

고개를 젓는 김광석. 도수를 빤히 쳐다본 그가 덧붙였다.

"칭찬이야. 대부분의 의사들이 단념했을 상황이었으니까."

"어떻게 포기하겠어요. 제가 밀리는 즉시 사람이 죽는데."

"……."

"전 죽음과 맞서야 돼요."

그걸 위해 악착같이 삶을 이어가고 있는데요.

도수는 뒷말을 생략했지만, 그의 눈을 쳐다보고 있는 김광석
에게는 그 마음이 어렴풋이나마 전해졌다.

"…그런 것 같군."

창백한 안색의 김광석. 그는 땀을 닦을 생각도 안 하고 말을
이었다.

"정말 딱 한 가지 생각뿐인 사람 같아. 그 외에 아무것도 중요
하지 않은."

"칼을 들고 수술할 땐 그래요."

"왜지?"

"세상과 철저히 차단되거든요. 오직 환자와 저만 있잖아요. 아
무것도 개입할 수 없고… 어떤 잡념도 안 들고. 그래서 이 시간
이 좋습니다."

도수는 입을 닫았다.

말을 너무 많이 했다고 여겼는지.

하지만 충분히 의미를 전달받은 김광석은 고개를 끄덕이곤 시계를 보며 입을 열었다.

"4분 12초. 뇌사가 진행됐을 수도 있어."

심정지 상태 4분째부터 뇌사가 진행된다고 보는 게 통상적인 상식.

김광석은 환자에게 시선을 돌렸다.

"만약 뇌사라도 온다면… 라크리마 전역이 다시 피로 물들겠군. 이 환자도 그걸 알고 일어나야 할 텐데 말이야."

도수는 고개를 끄덕였다.

두 사람은 철저히 환자의 생존만 생각하고 있었지만.

본인의 생존을 생각하는 의료진도 있었다.

"닥터, 문제 삼지 않겠어요?"

"문제?"

김광석이 묻자 의료진이 대답했다.

"보호자한테 다리 절단만 얘기했지, 어레스트는 예상치 못한 상황이었잖아요. 뇌사도 그렇고."

"이런……."

김광석은 난처한 표정을 지었다.

"총리가 가만히 있지 않겠군. 멀리 있는 반군보다 가까운 우리한테 적개심을 보일 수도 있겠어."

"너무 복잡하게 생각하지 말죠."

도수가 입을 열었다.

"어차피 환자가 살아야 저도 살고 환자가 죽으면 저도 죽는 거예요. 그런 마음으로 수술했고, 꼭 깨어날 겁니다."

오소소.

김광석은 소름이 돋았다.

목숨을 건다고?

목숨 걸고 수술하는 의사가 몇이나 될까.

수많은 의료인들과 친분이 있는 그조차 잊고 지냈던 마음가짐이었다.

사람을 고치다 보면 어느새 그 행위가 '일'이 되기 때문이다.

최선을 다하지만 거기까지.

모든 환자들에게 목숨을 걸었다간 의사가 못 버틴다.

하지만 아득히 먼 과거, 의사가 되기로 결심하고 꿈꾸었던 의사란 이런 존재가 아니었나.

"부끄럽군."

김광석은 얼굴을 붉혔다. 환자에게 친절과 배려를 다하려고 늘 노력하지만 매 순간 그러한 마음가짐을 가질 순 없는 것이다.

"나가서 얘기 좀 하지."

끄덕끄덕.

고개를 끄덕인 도수는 한마디 남기는 걸 잊지 않았다.

"이 환자, 한 번만 더 어레스트 나면 염라대왕 할아비가 와도 못 살려요. 당분간은 한 시간 간격으로 체크하면서 특별 관리하죠."

*　　　　　*　　　　　*

의무대를 나선 두 사람은 김광석이 지내는 막사로 갔다.

꼴꼴꼴꼴…….

온더록스 잔에 독한 위스키를 채운 김광석은 잔을 하나 더 꺼냈다.

꼴깍.

술이 당기는 도수.

아직 열아홉 살에 불과했지만, 이미 여러 번 마셔봤다. 전쟁터에서 쉽게 구할 수 있는 두 가지가 바로 술과 담배인 까닭이다. 군인들이 먹다 버린 술, 피우다 만 담배꽁초는 어디나 널브러져 있다.

도수는 흡연은 안 했지만 음주는 가끔씩 해왔다. 삶의 고통에서 벗어나기 위해 접한 술이, 이젠 술맛을 제법 안다.

하지만.

이내 그의 손에 돌아온 것은 우유가 가득 담긴 언더락 잔이었다.

"……."

멈칫한 도수가 말했다.

"저도 술 마실 줄 아는데요."

"한국에선 아니야."

간단히 말을 자른 김광석이 위스키 향을 맡더니 잔을 내밀었다.

"딱 한 잔만."

이후 어떤 상황이 발생할지도 모르는 곳.

언제든 수술할 수 있는 컨디션을 유지해야 했다.

입을 삐죽 내민 도수는 잔을 한 번 부딪히고 단숨에 우유를 들이켰다.

꼴깍, 꼴깍, 꼴깍……

잔이 텅 빌 때까지.

원샷한 도수를 보며 김광석이 피식 웃었다. 수술방 안에선 한 마리 맹수 같은 기세를 내뿜으면서 이럴 때보면 영락없는 열아홉 살 어린애였다. 괜스레 한국에 있는 딸아이 생각이 난 그는 단호하게 말했다.

"시원해 봐야 술 안 줘."

"뭐… 이것도 나쁘진 않네요."

도수는 입맛을 다셨다.

생수도 구하기 힘든 판국에 고소한 우유라니.

오늘 입이 호강한다.

"저는 왜 부르셨죠?"

이제 본론.

웃음을 머금고 지켜보던 김광석이 입을 뗐다.

"왜긴. 지난 며칠, 그런 장면들을 보여줘 놓고… 내가 아무것도 묻지 않을 거라 생각했나?"

"글쎄요. 그렇게 말씀하셔도 별로 말씀드릴 게 없는데요. 이미 취조할 때 다 이야기했고."

"그러니까……"

김광석이 빈 잔을 빙글빙글 돌리며 물었다.

"그 정도 수준의 의술을 혼자 독학해서 터득했다?"

"네."

"솔직히 못 믿겠군."

"상관없어요."

"……."

피식 웃은 김광석이 바꿔 물었다.

"대답해 줄 생각이 없는 듯하니 달리 묻지. 내 추측은 누군가 굉장한 실력을 가진 써전한테 실전으로 배웠다는 거야."

"아닌데……."

"계속 듣지. 어쨌든, 책을 안 보고 현장 경험부터 하는 바람에 용어나 이론은 잘 몰라. 하지만 감각만은 칼을 갈아놓은 것처럼 뛰어나지."

"뭐, 재밌는 추측이긴 하네요."

묘한 미소를 짓는 도수.

김광석은 도무지 속을 알 수 없었다.

"내 추측의 근거를 말해주마. 의학 지식과 기술은 오랜 시간 동안 도제식으로 배워서 익힐 수밖에 없어. 그런데 넌 그런 것 없이 척척 진단을 내리고 수술을 해내. 훌륭한 스승과 현장 경험의 만남. 이게 내가 내린 결론이다."

"결론을 내려놓고 왜 계속 물으시죠?"

"그래도 납득하기에 부족하니까. 내 추리에는 빈틈이 너무 많거든. 누구지? 널 가르친 사람이."

도수는 우유 잔을 내려놓고 물었다.

"침묵할 권리는 있겠죠?"

"…하아. 다시 원점이군."

고개를 저은 김광석이 어깨를 으쓱였다.

"말하고 말고는 네 자유지. 그런데 궁금해서 살 수가 있나. 한 가지 얘기해 주자면 매디 보웬 기자가 네 존재를 보도하는 즉시 세계 의료 업계에 대파란이 일어날 거야. 매일같이 이런 질문들을 받겠지."

"그럴지도요."

"그래. 그럼 기왕이면 내게 먼저 이야기해 주는 편이 낫지 않겠나?"

거기까지 대화가 진행됐을 때.

"저도 궁금한데요?"

불쑥 여자 목소리가 끼어들었다.

매디 보웬이 천막을 들추며 들어온 것이다.

"두 분 대화 나누시는데 실례할게요."

"알면 좀 나가주겠……"

"지금 막 수술 영상 녹화 떠서 오는 길이에요."

김광석의 말을 자른 그녀가 덧붙였다.

"…후속기사 내려고요. 잘 모르시겠지만, 그전에 보도했던 내용 때문에 지금 여기저기 난리가 났다고요. 궁금하지 않으세요?"

"……."

김광석은 궁금했기에, 생각을 바꾸었다.

"일단 들어오게. 위스키 한잔 들겠나?"

"스트레이트로요."

"역시 독종답군."

쪼르르르륵.

술잔을 채우는 사이.

매디 보웬이 도수에게 한쪽 눈을 찡긋하며 속삭였다.

"곤란했지? 그런 표정이던데."

"기자님이 이렇게 반가울 줄은."

"에이, 그건 좀 서운하고."

"제 기사 내신 줄도 몰랐어요."

"낼 거라고 했잖아? 언제라고 미리 알려주면 재미없잖아."

그녀는 팔로 감싸 안고 있던 태블릿 PC를 켰다.

"자, 다들 기대하시라. 개봉 박두!"

"여긴……."

신음처럼 흘린 김광석의 눈에 이채가 서렸다.

제8장
표적

"JAMA Surgery(미국의학협회 수술 학회지)?"

김광석은 깜짝 놀랐다.

매디 보웬은 타임스 기자. 그녀가 소속된 언론사 신문에 게재되리라는 건 예상하고 있었지만 학술지에까지 등재될 줄은 몰랐던 것이다.

"수술 기록을 공유했군."

매디 보웬이 고개를 끄덕였다.

"맞아요. 다른 언론사에 넘기진 못해도 학회지는 좀 다르죠. 어차피 수술 장면들을 그대로 보도하지도 못하는데 이렇게라도 써먹어야 하지 않겠어요?"

그때 곁에서 듣고 있던 도수가 물었다.

"무슨 내용이에요?"

김광석이 태블릿을 건네며 정리해 주었다.

"메인으로 다뤄졌다. JAMA Surgery는 논문이라도 소개되면 평생의 자랑거리로 삼아도 좋을 만큼 외과 분야에서 영향력이 큰 잡지야."

유명세를 타게 된다는 뜻.

하지만 명예욕에 별 관심이 없는 도수는 대꾸하지 않고 내용을 읽어 내렸다.

그리고 마침내, 태블릿을 돌려주며 심드렁하게 말했다.

"동물원 원숭이 취급이네요."

"뭐? 동물원 원숭이라니……."

"끊임없이 저에 대한 의문을 제기하고 있잖아요? 기사를 본 사람들의 리뷰도 분분하고."

신선하다. 야만적이다.

두 가지 상반된 반응으로 나뉘었다.

결국 결론은 '이도수는 누구인가'. 안 그래도 김광석의 질문 릴레이에 학을 뗐던 도수는 불필요한 관심이 달갑지 않았다.

그러나 김광석의 입장은 조금 달랐다.

"JAMA Surgery에 메인으로 실린 건 학계를 뒤흔들 만한 사건이라는 뜻이야. 학계의 주목을 받았다는 사실만으로도 향후 네게 좋은 기회가 제공될 거다."

"좋은 기회요?"

"네 능력을 세상에 알릴 수 있지. 필요한 공부를 하는 데 지원을 받을 수도 있을 거고. 의술에 대해 더 깊이 파고들거나 의견을 반영시킬 때도 도움이 될 거다."

"저를 굉장히 신기하게들 생각하던데, 어디 끌려가서 생체 실험 당하는 건 아니겠죠?"

"상상력이 풍부하군."

"농담이에요."

그렇게 말한 도수가 매디 보웬을 응시하며 덧붙였다.

"방금은 농담이었지만… 전 왜 반군들도 저한테 관심을 가질 것 같죠."

"……!"

매디 보웬, 김광석의 눈이 커졌다.

"설마… 학회지를 읽어볼까요?"

"글쎄. 반군이 학회지를 볼 리가. 만약 본다고 해도, 어차피 타임스에 소개된 내용인데 무슨 일이 있으려고."

도수는 고개를 저었다.

"타임스에선 수술받은 대상이 누군지 공개하지 않았죠. 그냥 UN군에서 이미지 선전을 하는구나. 이렇게 볼 확률이 높았어요. 그런데 실제 수술 장면과 수술받은 환자 명단이 공개됐다면? 그땐 저에 대해 궁금해할 것 같은데요."

"아……."

매디 보웬은 그제야 심각성을 깨달았다.

"널 노리는 칼날이 있을 거다?"

"맞아요."

"하!"

매디 보웬은 천장을 보며 어찌할 바를 모르더니 이내 도수를 응시하며 말했다.

"미안해. 이제 어떡하지? 벌써 몇 곳에 더 실었는데……."

그녀는 태블릿 화면을 넘겼다.

연달아 뜨는 사이트.

그걸 본 김광석이 눈을 질끈 감았다.

"Annals of Surgery(외과학 연보)에 British Journal of Surgery(영국외과학회지)까지……."

모두 JAMA Surgery만큼이나 영향력이 강한 곳들이었다.

이 정도면 반군도 모를 리가 없다. 그들이 노리는 할리 무어 장군, 총리의 아들을 수술한 장본인. 어쩌면 반군은 자신들의 계획을 번번이 막아선 도수를 처단해야 할 인물로 여길 것이다.

"앞으로 정말 조심해야겠구나."

"후… 내가 이런 멍청한 짓을."

매디 보웬은 안색을 붉혔다.

그러나 정작 생각에 잠겨 있던 도수는 다른 말을 했다.

"이미 엎질러진 물을 주워 담을 수는 없는 노릇이고. 좋은 점도 있어요."

"좋은 점?"

도수가 고개를 끄덕였다.

"어차피 언제 죽을지 모르는 전쟁터잖아요. 눈먼 총알에 맞아서 갈 수도 있는 거고. 기왕 죽을 거면 이름이라도 가지는 편이 낫지 않겠어요? 이젠 죽는다 해도, 더 이상 이름 없는 시체가 아니에요."

"……!"

김광석은 할 말을 잃었다. 도대체 어떻게 생겨먹은 녀석이

기에…….

"책임자한테 말해서 경호 인력을 붙이도록 힘써보마."

김광석의 말에 도수는 고개를 끄덕였다.

"최대한 힘센 사람들로 부탁드려요. 환자들 고정시킬 때 좀 써 먹게."

"이 상황에 농담은."

김광석이 피식 웃었다.

한편 여전히 미안한 얼굴로 도수를 응시하고 있던 매디 보웬 이 고개를 돌리며 입을 열었다.

"아마 협회에서 사람이 나올 거예요."

"그렇겠지. 이만큼 화제가 됐으면."

김광석이 덧붙였다.

"환자가 살아야 할 이유가 한 가지 더 늘었구나."

"잘 싸워줄 거예요. 지금까지도 죽지 않고 버텼으니까…….""

도수는 무심코 창밖을 보았다.

땅 위에선 모래바람이 흩날리고 있고, 하늘에는 빼곡하게 수 놓아진 별이 밤하늘을 밝히고 있었다.

이토록 아름다운 풍경을 자랑하는 라크리마의 미래.

그 국운(國運)도, 도수의 운명도 바람 앞의 촛불처럼 불안하기 만 했다.

*   *   *

"중사 이근육, 신고합니다!"

경례를 붙인 우람한 군인.

바로 김광석이 데려온 경호 책임자였다.

도수는 자기가 잘못 들은 건지, 입을 뗐다.

"이름이……"

"이근육입니다!"

"…잘 어울리는군요."

키는 백팔십삼, 사쯤.

떡 벌어진 어깨와 탄탄한 가슴이 운동선수라고 해도 믿을 정
도였다.

도수가 물었다.

"한국인입니까?"

"그렇습니다! 작년 1월에 파견됐고, 지금은 저격수로 근무하고
있습니다!"

그때 김광석이 덧붙였다.

"네가 원하는 조건에 완벽히 부합하는 인재가 있더구나. '힘
센' 한국인에 저격수 출신 경호 책임자. 심지어 부상 중 군 병원
에서 치료받으면서 간호 보조를 했던 경험까지 있다."

그야말로 완벽한 적임자였다.

"마음에 드네요."

"그래. 하지만 문제가 있어."

"문제?"

도수가 묻자, 김광석이 대답했다.

"임시 지휘관인 맷 에버스만 소령은 할리 무어 장군과 달라.
어디로 튈지 모르는 널 그냥 두고 볼 이유가 없다는 뜻이지. 할

리 무어 장군의 지시가 있었으니 강압적으로 굴지는 않겠지만… 호위 겸 감시 역할로 사람을 붙인 걸 거다."

설명을 듣는 즉시 도수는 상황 파악을 끝냈다.

"그럼 이 중사도 에버스만 소령이 차출한 겁니까?"

"아니. 그건 내 선에서 힘을 썼다."

"…감사합니다."

감사 인사가 익숙지 않은 도수.

김광석이 눈을 동그랗게 뜬 채 너스레를 떨었다.

"뭐? 내가 잘못 들은 건가? 하하하."

도수는 대답 대신 이근육에게 말했다.

"중사님, 지금부터 제 얘기 잘 들으세요."

"말씀하십시오."

"제 경호 겸 감시를 맡으셨다고요."

이 중사는 난처한 표정으로 김광석을 일별하더니 대답했다.

"임무에 대해 아무것도 누설하지 못하는 점 양해 부탁드립니다."

"글쎄요. 어차피 중사님은 지금 이 시간부로 저와 '감시 임무'에 관한 모든 정보를 공유하셔야 합니다."

"왜 그렇습니까?"

"그래야 제가 말을 들을 테니까요."

"…예?"

"저를 잡아 가두지 않는 이상 중사님은 저를 통제할 수 없습니다. 7년이나 정처 없이 떠돌며 난민 생활을 했어요. 그 과정에서 반군한테 잡혀 죽을 뻔한 적도 여러 번 있었죠. 탈출과 도주에는 이골이 났어요. 하지만 중사님이 저한테 '감시 임무'에 대한 정보를 공유해 주신다면, 전 중사님 말을 잘 들을 겁니다."

서로 상부상조하자.

그게 결론이었다.

우두커니 서 있던 이근육은 김광석을 바라봤다. 자신을 이번 임무의 적임자로 선택한 사람. 부상을 입고 군 병원에 실려 갔을 때부터 은인으로 생각해 왔던 김광석의 의견을 묻는 것이다.

그러자 김광석이 말했다.

"자네 통제에 잘 따라준다면 그편이 서로 편하지 않겠나? 문제 되고 자시고 할 것도 없고."

"그건 그렇습니다만……."

"군인으로서의 본분은 충분히 이해해. 그렇지만 같은 한국인들끼리 이런 오지에서 돕고 지내야 하지 않겠나."

그렇게까지 말하자 이근육은 거절할 수가 없었다. 무엇보다 김광석은 생명의 은인인 것이다.

"알겠습니다. 하지만 이것만 알아두십시오. 제가 직접적인 대답을 해드릴 수는 없습니다. 어떤 비유를 해서 간접적으로 전해드린다면 몰라도요."

"알아서 듣죠."

도수가 팔을 쭉 뻗어 악수를 청하자, 이근육이 손을 맞잡았다.

"에버스만 소령님께선 닥터 리가 주둔지를 벗어나길 원치 않으십니다."

"왜죠?"

"그건 잘 모르겠습니다만, 얼마 전 세계의료협회에서 사람이 나온다는 연락이 왔습니다."

그는 일부러 꼬아서 정보를 전달했다.

말인즉, 세계의료협회에서 사람이 나올 때까지 도수를 가둬두라는 지시를 받았다는 것이다.

맷 에버스만이 이와 같은 지시를 내린 건 세계의료협회에서 도수의 무면허 의료 행위를 두고 어떻게 나올지 몰라서 눈치를 보는 것일 테고.

도수가 김광석에게 고개를 돌리며 말했다.

"에버스만 소령. 조심성이 많은 사람이네요."

"그런 사람이지. 문제는 그쪽이 아니라 성격 급한 리에크 총리 쪽이야."

"왜죠?"

"그 아들이 의식을 되찾지 못하고 있으니 애가 타겠지. 회복이 된다 해도 앞으로 적잖은 시간이 걸릴 텐데 그때까지 참고 기다릴 수 있을까? 지금도 다쳐서 누워 있는 아들을 볼 때마다 반군들을 쓸어버리고 싶을 텐데."

그 순간 이근육이 끼어들었다.

"제 생각도 같습니다."

김광석과 도수의 표정이 동시에 굳었다. 그 말은 리에크 가이 총리가 벌써 움직였다는 뜻.

"벌써? 이렇게 빨리 움직이는 건가?"

김광석이 물었고.

도수 또한 의문을 제기했다.

"섣불리 움직이면 반군이 원하는 대로 흘러갈 텐데요. 도발이 보기 좋게 먹혀든 거잖아요?"

고개를 저은 이근육이 대답했다.

"그래서 UN군에 협조를 구하러 온 걸 겁니다. UN군과 정부군이 뭉쳐서 총공격을 펼친다면 깔끔하게 정리할 수 있을 테니까."

그때였다.

호랑이도 제 말 하면 온다고 했던가?

스포츠선글라스에 베레모를 쓴 일단의 군인들이 들이닥쳤다.

"오늘 밤, 반군 기지를 습격할 예정입니다."

제9장

목숨의 무게

　로봇 같은 중저음의 음성.

　김광석이 물었다.

　"오늘 바로 말인가?"

　"그렇습니다. 의무대 인원들은 전부 피신해 있다가 상황이 정
리되면 투입될 예정입니다. 이근육 중사."

　"중사 이근육."

　이근육이 복명하자 그가 말했다.

　"의무대 호위는 자네 소대가 맡는다."

　"전 닥터 리의 호위만 전담하기로 되어 있습니다만……."

　"상황이 바뀌었다. 환자들을 이송할 인원은 본대에서 따로 차
출될 거야."

　그때였다.

도수가 칼같이 잘랐다.

"안 됩니다."

"…지금 뭐라고 했소?"

"안 된다고 했습니다. 위중한 환자들이 한둘이 아니에요. 이송할 수 있는 환자들이라면 진작 여기보다 환경이 좋은 군 병원으로 옮겼을 겁니다."

군인이 선글라스 너머로 도수를 쳐다봤다. 거대한 탑처럼 서서 그를 내려다보는 것만으로 중압감이 대단했다.

하지만 도수는 눈도 깜짝하지 않았다.

"다른 방법을 강구해 오세요."

"……"

분위기로 봤을 때 뭔 일이 터져도 터질 것 같았다. 해서 김광석이 도수를 거들었다.

"틀린 말이 아니네. 내 소견도 같아."

그에게 고개를 돌린 군인이 고개를 끄덕였다.

"보고는 올리겠습니다만 받아들여질 거라곤 말씀 못 드립니다. 라크리마의 국운 전체를 걸고 벌이는 작전입니다. 계획을 바꾸려면 상부에 직접 말씀하셔야 할 겁니다."

도수는 이마가 지끈거렸다.

"젠장. 꼴통 같으니……"

"지금 뭐라고 했지?"

"그쪽 상부가 꼴통이라고요."

"뭐?"

군인이 허리에 맨 총대에 손을 올렸다.

"지금 바로 연행할 수도 있다."

"해보시든지."

도수 역시 허리에 손을 올리고 고개를 뻣뻣하게 쳐들었다.

"기껏 사람 목숨 살려놨더니 다시 불구덩이로 몰아넣는다고 요? 몇몇 특별한 환자들이야 의사들 붙여서 헬기로 이송한다 칩시다. 그럼 일반 부상병들이나 난민들은? 전쟁터 한가운데 버려 둘 작정이에요?"

"작전에 성공하면 아군 피해는 없을 것이다."

"실패하면? 적들이 반격해 오겠죠. 여긴 폐허가 될 테고."

"작전 시기를 지체했다간 다신 기회가 없을지도 모른다."

"하! 대의를 위해 소를 희생하겠다. 뭐 이런 건가?"

도수는 대놓고 비꼬았다.

그러자 총대에서 손을 뗀 군인이 김광석을 보며 말했다.

"이 어린애는 치워주시죠."

"틀린 말은 없었던 것 같은데. 내가 소령을 찾아가 얘기해 보 겠네."

"…말씀해 보시는 건 말리지 않겠지만 변하는 건 없을 겁니다."

그렇게 쐐기를 박은 군인은 자신이 끌고 온 무리를 이끌고 막 사를 나가 버렸다.

이근육이 김광석에게 물었다.

"어쩌실 생각이십니까?"

"솔직히 모르겠네. 이런 상황은… 예측하지 못했어. 너무 갑작 스럽구먼."

그가 무심코 도수를 보는데.

도수의 표정이 심상치 않았다.

"이런 자들 때문에……."

"뭐?"

"라크리마가 이 꼴이 된 건 저런 자들 때문이에요. 멋대로 전쟁을 시작하고 죽어나가는 사람들 따윈 신경도 쓰지 않았죠."

분노.

김광석은 그 감정이 느껴졌다. 표정을 보는 것만으로도 가슴 한구석이 섬뜩했다.

그때 도수가 말을 이었다.

"반군 소탕에 성공해도 잔당들이 모르스에 들이닥칠 겁니다. 그러고는 피신하지 못한 부상자들과 난민들을 학살하겠죠. 제 부모님이 그렇게 돌아가신 것처럼."

"……."

"헬기 이송이 가능한 건 총리 아들, 그리고 몇몇 간부 출신 부상자들뿐이겠죠. 막아야 돼요."

도수는 강력하게 주장했지만, 정작 그들이 할 수 있는 일은 없었다. 그들은 의사이지, 군 지휘관이나 정부 고위 인사가 아니었기 때문이다.

김광석은 걱정이 앞섰다.

'이대로 놔두면 안 되겠는데…….'

아니나 다를까.

주먹을 쥐고 있던 도수는 걸음을 뗐다.

"뭐야? 어디 가려는 건가?"

"총리한테 갈 겁니다."

"총리한테는 왜……."

"막지 마세요."

이번 한마디는 김광석을 향한 것이 아니었다. 어느새 앞을 가로막고 있는 이근육을 향한 한마디였다.

"제 임무입니다."

이근육은 물러나지 않았다.

그 순간.

전혀 예상치 못한 타이밍에 한 발 파고든 도수가 눈 깜짝할 새 이근육의 총집에서 권총을 뽑아 들었다.

처억.

총구를 겨눈 도수가 말했다.

"비키라고."

한때 생존을 위한 소매치기를 하던 손놀림이 이렇게 쓰일 줄이야.

하지만 사정을 모르는 이근육은 당황했다. 이렇게 허무하게 총을 빼앗길 그가 아니었기 때문이다. 아무리 방심했다고 해도 도수같이 어린 소년에게 훈련된 군인이 총을 빼앗긴다는 건 있을 수 없는 일이었다.

"어떻게……."

철컥.

장전한 도수가 다시 경고했다.

"마지막입니다. 비켜요."

두 손을 든 이근육이 옆으로 비켜섰다.

그러자 도수는 천막을 걷고 막사를 나가 버렸다.

꿀꺽.

침을 삼킨 김광석이 이근육에게 물었다.

"그걸 그렇게 빼앗기면 어떡하나?"

"……."

변명할 말도 없는 이근육은 막사 밖을 보며 말했다.

"가시죠. 무슨 짓을 저지를지 모릅니다."

"…그래 보이는군."

두 사람은 서둘러 도수를 쫓았다.

*   *   *

총기를 탈취한 도수는 곧장 총리의 아들이 입원해 있는 의무대로 갔다. 간부들은 다들 지휘소에 모여 있는지 코빼기도 보이지 않았다. 출동 준비를 하고 있는 병사들만 간간이 마주칠 뿐.

그 덕분에 도수는 아무런 제지 없이 의무대 중환자실로 들어갈 수 있었다.

"어? 닥터! 여긴 무슨 일……."

반갑게 알은척을 하던 간호사가 헛바람을 집어삼키며 뒤로 물러섰다.

도수의 손에 들려 있는 권총을 본 것이다.

그러든 말든 도수는 개의치 않고 총리 아들이 누워 있는 침대로 갔다. 그 옆에는 군복을 입은 총리가 눈을 붙이고 있었다.

툭툭.

어깨를 두드리자.

총리가 눈을 떴다.

"자네……."

그는 쉽사리 말을 잇지 못했다.

"…그 총은 뭐지?"

"이번 작전을 미루든 철회하든 하세요."

"뭐?"

"여기 누워 있는 환자들. 그리고 난민들. 당신 아들처럼 가족이 있는 사람들입니다."

도수를 빤히 보던 총리가 불쑥 웃음을 터뜨렸다.

"하하하하하… 애는 애군. 설마 그런 이야길 하러 총을 들고 찾아온 건가? 날 협박하기 위해서?"

"총구가 향하는 쪽은 총리님이 아닙니다."

잘그락.

도수의 총구가 아직 의식을 찾지 못한 총리 아들을 거냥했다.

"지금 무슨……!"

"작전을 변경하든 철회하든 하십시오."

총리는 굳은 표정으로 물었다.

"왜 이러는 거지?"

"난민들은 제 가족이에요. 여기 누워 있는 병사들도 저를 포함한 난민들을 지켜주려다 이렇게 됐죠. 저는 제 가족을 지키려는 것뿐입니다."

"이러고도 무사할 거라고 생각하나?"

"아뇨."

도수가 말했다.

"별로 무서운 게 없어서요."

"지금이라도 총을 거두면 최소한의 처벌만 하지. 언제까지 이런 미친 짓을 이어갈 수 있을 것 같나?"

"오늘만 버티면 작전은 무산되겠죠."

"그 후의 일은 생각하지 않는 건가?"

"총리님도 그런 걸 재고 움직이시는 건 아닌 것 같은데요."

"작전은 성공할 거야."

"내전도 금방 끝날 거라고 하셨죠."

"인력으로 되는 일이 아니었네."

"이번 작전도 인력으로 되는 일이 아닐 겁니다."

"너……!"

"반군 기지를 소탕한다고 해도 뿔뿔이 흩어진 나머지 반군들은? 최전선에 위치한 이 마을을 공격하겠죠."

"네가 참모야, 의사야?"

"경험으론 뒤지지 않습니다."

"본분에 충실해."

"총리님도 본분에 충실하세요."

자국민의 생명을 모두 똑같이 여기는 것이 총리의 본분.

그런 그가 위중한 아들에 대한 복수심에 눈이 멀어 수많은 희생을 감수하고 UN군과 함께 전면전을 치르려 하고 있다.

그것도 이곳의 부상자들과 난민들의 안전을 확보하지 않은 채로.

"미치겠군……! 위기는 기회야. 자네 말대로 이들을 전부 다 피신시키면 그동안 반군은 우리의 계획을 눈치채겠지. 지금이야

말로 최소한의 피해로 이 지긋지긋한 전쟁을 끝낼 기회다. 하지
만……"

총리는 아들을 일별하고 도수에게 시선을 돌렸다.

"이젠 그 기회를 날리게 생겼군."

"제게 그런 것 따위는 중요치 않습니다. 전 이미 가족을 잃었
어요. 다시 한번 가족 같은 사람들의 목숨을 대가로 주고 전쟁
을 끝내야 한다면 그런 상처뿐인 승리 따위, 제 목숨을 걸고서
라도 막을 겁니다."

그 순간.

병실 문을 열고 군인들이 들이닥쳤다.

"총리님!"

선글라스에 베레모.

일전 도수를 찾아왔던 군인들이었다.

"……!"

그들은 자리에 우뚝 멈춰 섰다.

총을 든 도수를 본 것이다.

"이게 어떻게 된 일입니까?"

"내가 묻고 싶은 말이군."

총리가 담담하게 말하자, 군인들이 일제히 총을 뽑아 들었다.

처척!

모든 총구가 도수에게로 향했다.

도수가 겨누고 있는 건 총리 아들뿐.

그마저도 당장 방아쇠를 당길 수 없다.

"총 내려놔. 우리보다 빨리 당길 수 없다."

나지막한 군인의 경고.

아마 틀린 말이 아닐 것이다.

만약 경고에 불응한다면, 먼저 총을 맞고 쓰러지는 건 도수일 터였다. 그는 총리 아들을 진짜 쏠 생각이 없었으므로.

"젠장."

도수가 총을 내리는 순간.

군인들이 달려들어 총을 뺏고 그의 몸을 속박했다.

짜악!

도수의 뺨을 얼굴이 확 돌아갈 정도로 후려친 총리가 군인을 보고 물었다.

"덕분에 화는 면했군. 그나저나 무슨 일이지? 난 부른 적이 없는데."

"아! 세계의료협회 소속 미국인들이 반군에게 당했습니다. 그뿐만이 아닙니다. 모르스 시내에 주둔하고 있던 병사들, 군 병원까지 반군의 공격을 당했습니다."

"……!"

눈을 부릅뜬 총리가 물었다.

"점령당한 건가?"

"아닙니다. 습격입니다. 해서 맷 에버스만 소령님께서 작전을 재검토 중이십니다. 적들이 우리 움직임을 미리 파악한 걸로 추정되고 있습니다."

"…빌어먹을 새끼. 네 뜻대로 됐구나."

총리가 도수를 보며 으르렁거렸다.

"하지만 너는 네 행동에 대한 엄중한 처벌을 받게 될 것이다."

그러든 말든.

도수는 희미한 미소를 지었다.

"웃어?"

총리가 다시 손을 치켜드는 찰나.

"기다리십시오!"

김광석과 이근육이 들이닥쳤다.

두 사람은 이미 출동 준비를 마친 상태였다.

"반군에게 습격당한 세계의료협회 소속 미국인들을 치료하기 위해 그 친구가 필요합니다. 군 병원도 마비된 상태인 데다 이곳에 의사는 한없이 부족합니다. 미국인, 그것도 민간인이 다친 이상 이는 더 이상 라크리마의 일이 아닙니다. 만약 그들이 죽게 되기라도 한다면 UN이 아닌 미국이 본격적으로 전쟁에 개입할 것입니다. 에버스만 소령께서도 이 점을 생각해서 닥터 리의 현장 파견을 승낙했습니다."

"보내줄 수 없소."

총리는 완고했다.

"중태에 빠진 내 아들을 위협했소. 이 나라의 총리를 협박했고. 사형 말곤 해결책이 없을 거요."

"사형이요?"

김광석이 눈을 치켜떴다.

"이 소년은 실제로 아무 짓도 저지르지 않았습니다. 그런데 사형이라니……."

"국법이 그러하오."

그때 도수가 중얼거렸다.

"…이러니 라크리마가 내전에 시달리지."

"뭐?"

"여긴 당신 왕국이죠. 당신이 선택하는 대로 모든 국민이 피를 흘려야 하는."

"아직도 상황 파악이 안 되나?"

"어차피 사형당할 거, 할 말은 다 하고 죽겠단 겁니다."

도수가 지지 않고 총리를 노려봤다.

크게 한숨을 내쉰 리에크 총리가 김광석에게 고개를 돌렸다.

"보시오. 보다시피 죄를 뉘우치는 기색이 조금도 보이지 않소."

"뉘우쳐도 죽일 거면서."

다시 끼어드는 도수.

김광석은 입에 검지를 가져다 대며 몸을 들썩였다.

'제발 좀……!'

가만히 있으라는 뜻.

그러나 정작 도수는 태연했다. 그는 고삐 풀린 망아지처럼 멈출 줄 몰랐다.

"저를 죽여 버리고 싶은 건 알겠는데… 그게 마음처럼 쉽지 않을 것 같습니다만."

"뭐?"

리에크 총리가 당황해서 묻자.

도수가 턱짓을 했다.

그리로 시선을 돌린 리에크 총리. 그는 얼굴을 와락 찌푸렸다.

"지금 뭐 하는 거지?"

군인들이 도수를 겨누고 있던 총을 거둔 것이다.

그중 대장인 듯한 자가 말했다.

"저흰 라크리마 정부군이 아닌 UN 소속. 에버스만 소령님의 지시에 따릅니다."

도수가 덩달아 덧붙였다.

"이곳엔 총리님의 병력이 없죠."

"이……!"

총리는 주먹을 쥐었지만 차마 날릴 수 없었다. 어느새 이근육이 도수의 앞을 가로막고 선 것이다.

"진정하십시오. 에버스만 소령님의 지시에 따라 닥터 리는 저희와 함께 가야 합니다."

"UN은 내 땅에서 나와 다른 길을 걷겠다는 건가?"

이근육은 일전 그들이 들었던 말을 그대로 돌려주었다.

"그건 저희 상부에 이야기해 보셔야 할 것 같습니다. 얘기한다 해도 이미 결정된 사안이라 별 소득은 없겠지만."

"남에 땅에 와서 이렇게 설쳐도 되는 건가?"

그에 이근육이 대답했다.

"반군에게 당한 UN군이 한둘이 아닙니다. 거기다 세계의료협회에 소속 민간인들까지. 더 이상 라크리마만의 일이 아니란 뜻입니다."

리에크 총리는 위기의 순간 자신을 도왔던 군인들에게로 고개를 홱 돌렸지만, 그들은 미동도 하지 않았다. 오히려 그를 타일렀다.

"진정하십시오."

"이런 엿같은……."

으드득.

이를 갈아붙이는 총리.

그를 빤히 응시하던 도수는 김광석에게 말했다.

"닥터 덕분에 명줄을 연장했습니다."

"진심으로 죽을 생각이었나?"

"필요하다면요."

담담하게 대답하는 도수.

김광석은 가슴이 철렁했다.

'진짜… 다.'

도수는 한 점 망설임도 없이 목숨을 던진 것이다. 난민들과 위중한 병사들을 지키기 위해.

"…어떻게 그럴 수 있는 거지?"

김광석의 질문을 들은 도수가 짧게 답했다.

"언제나 그랬으니까요."

"하."

김광석은 허탈한 웃음을 흘렸다.

맞는 말이다. 혼자 사람 목숨을 구하러 전쟁터로 뛰어든다는 것 자체가 매 순간 자기 목숨도 걸어야 가능한 일이었다.

도수는 매번 그렇게 해왔고.

지금도 그렇게 했다.

"가시죠."

한마디를 남긴 도수는 막사를 나갔다.

리에크 총리는 그런 그를 잡을 수 없었다. 군인들이 우르르 막사를 빠져나갈 때까지, 그는 망연자실 보고 있을 수밖에 없었다.

'가만두지 않겠다.'

총리는 손뼈가 으스러져라 주먹을 쥐었다. 아들을 살려낸 의사가 이렇듯 원수로 돌변할 줄은 꿈에도 몰랐다. 그래서 도수에게 보기 좋게 당하고 말았다. 그가 그런 생각을 품는 그때, 아직자리에 남은 김광석이 질문을 던졌다.

"무슨 짓을 했든 저 소년은 총리님의 아들을 살린 장본인입니다. 도수가 없었다면 아드님은 결코 지금 살아 계시지 못할 겁니다. 그런데도… 용서가 안 되겠습니까?"

"이 치욕은 되갚을 것이오."

총리는 한 치의 망설임도 없이 말을 이었다.

"미국이든 UN이든 그 꼬맹이든… 남의 나라 일에 분에 넘치게 개입한 대가를 치를 것이오."

"……."

침묵하던 김광석이 몸을 돌렸다. 그러고는 막사를 떠나기 전, 한마디를 남겼다.

"인정하지 않으시겠지만… 결국 도수의 행동이 총리님의 국민들을 살린 겁니다."

*   *   *

도수는 군인들, 김광석과 함께 시내의 한 병원으로 향했다. UN군이 임시 대피소로 삼은 그곳에는 세계의료협회 소속 미국인들과 그들을 호위하던 군인들이 부상을 입은 채 호송되어 있었다.

가는 도중, 도수가 입을 뗐다.

"이상한 게 있어요."

"또 뭐가 말이냐."

김광석은 가시 돋친 목소리로 물었다. 말을 하진 않았지만 도수의 앞뒤 분간 못 하는 모습에 기분이 상한 그였다. 그게 분노인지, 실망감인지, 놀람인지는 그 자신도 알 수 없었다.

개의치 않은 도수가 대답했다.

"병원을 점거하지 않은 건 반격을 당할까 봐 그렇다 치고. 왜 반군들이 의료협회 소속 미국인들을 납치하지 않았을까요?"

"……."

김광석은 대답할 말이 없었다. 그 역시 돌아가는 상황을 정확히 파악하지 못하고 있는 까닭이다. 그는 의사지, 군인이 아니었다.

그러자 선글라스에 베레모를 쓴 군인이 답했다.

"아마 몰랐을 겁니다."

"몰랐다고요?"

"그렇습니다. 공격하고 보니 미국인들이었던 거지요. 반군 역시 미국의 개입이 부담스러울 수밖에 없습니다."

"아……."

도수는 그제야 수긍이 됐다.

미국.

어떤 누가 그들과 척을 지고 싶어하랴.

탈레반같이 광적인 종교 집단이 아니라면 꿈도 꿀 수 없는 일이다.

이래서 나라가 강해야 한다.

"그럼 미국인들은 크게 다치지 않았겠네요."

만약 크게 다쳤으면 차라리 제거해서 증거를 없애려 했을 터.

도수의 말에 군인이 고개를 끄덕였다.

"총명하시군요."

"그럼. 저 나이에 의사도 못 하는 일을 해내는데……."

김광석이 중얼거렸다. 그는 아직도 가슴속에 치미는 감정의 정체를 알 수 없어 혼란스러운 상태였다. 그 모습을 곁에서 지켜보고 있던 이근육은 도수에게 시선을 옮기며 입을 열었다.

"조심하셔야 합니다. 닥터 리는 미국인이 아닙니다. 저들은 닥터 리를 라크리마인, 혹은 한국 국적을 가지고 있다고 볼 겁니다. 인정사정 봐주지 않을 거라는 뜻입니다."

"그렇겠죠. 하지만……."

도수는 담담하게 말을 이었다.

"무섭지 않아요."

"하긴. 두려워하지 않을 것 같긴 합니다."

이근육은 냉큼 동의했다. 죽음을 두려워했다면 애초에 총을 들고 라크리마 총리를 협박하는 미친 짓을 저지르진 못했을 테니까.

그 모습에 군인들 몇이 웃음을 터뜨렸다. 그리고 그들의 대장은 한마디 덧붙였다.

"대단한 담력이었습니다."

특수훈련을 받은 그들도 못 할 일을.

어린 소년이 눈도 깜짝하지 않고 해낸 것이다.

그 점을 칭찬한 군인 대장은 이근육에게 말했다.

"그나저나 자넨 임무에 충실해야 할 거야. 지금은 상황이 급박해 죄를 묻지 않았지만, 저격수 출신 군인이 총기를 빼앗기는 게 말이 된다고 생각하나?"

"죄송합니다."

이근육이 고개를 숙였다.

싸늘해진 분위기.

안 그래도 떨어진 온도에 찬물을 끼얹은 건, 그들 눈에 들어온 임시 대피소의 풍경이었다.

"……."

누구도 입을 열 생각을 하지 못했다.

건물 밖에만 해도 상상하던 것보다 훨씬 많은 부상자들이 시내의 2차 병원을 개조한 임시 대피소로 옮겨지고 있었던 것이다.

이를 본 김광석이 힘겹게 입을 열었다.

"저 많은 환자들을 우리 둘이 감당해야 할 거다. 간호사야 몇 명 있겠지만 이곳에 수술까지 할 수 있는 써전은 우리 둘뿐… 다른 의사들은 모조리 병원 쪽으로 투입됐다."

"……."

도수의 표정이 어두워졌다.

전쟁터에서 겪은 사례들을 생각해 봤을 때 이런 경우 어떤 결과가 나올지 짐작이 갔기 때문이다.

모든 사람을 살릴 수 없다는 것.

이제는 그 현실을 인정해야만 하는 상황에 맞닥뜨린 것이다.

'젠장.'

신이 아닌 이상 모든 사람을 살릴 순 없었다.

차에서 내린 김광석은 창백한 얼굴로 지시를 내렸다.

"일단 환자 분류부터 합시다."

"네!"

경험 많은 의료진들이 지시에 따라 신속하게 움직였다.

순식간에 환자가 분류되기 시작했다.

그 모습을 지켜보던 김광석이 막 움직이려는 도수를 향해 말했다.

"아직."

"……?"

"간단한 응급처치 정도는 여기 모두가 할 수 있어. 우린 우리밖에 할 수 없는 일을 해야 한다."

'수술'을 이야기하는 것이다.

도수는 고개를 끄덕였다.

"알겠습니다."

그가 대답하기 무섭게, 한쪽에서 부상자를 살피던 간호사가 외쳤다.

"닥터!"

김광석이 반사적으로 움직이려는 순간.

"……!"

도수가 이미 멀찍이 달려가고 있었다.

"…참……."

김광석이 중얼거리며 고개를 돌리는 찰나.

안색이 파래진 이근육이 헐레벌떡 그 뒤를 쫓았다.

$$* \qquad * \qquad *$$

"한 발자국도 저 없이 움직이시면 곤란합니다."

그렇게 말한 이근육이 함께 온 부하에게 지시했다.

"알렉스, 트뤼포, 벤시, 제임스. 저격 포인트 선점하고 체크한다. 제프, 톰, 대니, 깁슨. 건물 봉쇄하고 주변 정찰 및 경계하도록."

"옛썰."

소대원들이 흩어졌다.

그러자 베레모를 쓴 군인이 다가와 말했다.

"우리도 병원 밖을 지키도록 하지."

"알겠습니다."

위화감을 주는 무장한 군인들이 대부분 빠져나가자, 그래도 임시 대피소가 좀 병원 같아졌다.

한편 그들에게는 눈길도 주지 않은 도수는 심각한 표정으로 환자를 내려다보고 있었다.

환자 상태는 심각했다.

배가 당장에라도 터질 것처럼 부풀어 올라 있었다.

장기가 깨져서 복강 내 출혈이 생겼다는 뜻이다.

'제발……'

그는 투시력을 발휘했다.

샤아아아아아.

그러자 뱃가죽과 복막이 반투명해지며 안에 들어 있는 혈관과 장기들이 눈에 들어왔다.

"아……!"

도수는 자기도 모르게 신음을 흘렸다. 환자의 상태가 안 좋으리라 각오하고 있었지만 이건 최악 중에도 최악이었다. 복강 내 출혈이 심한 상태로 너무 오래 방치되어 있었다. 혈관과 장기가 조각나고 으스러지는 바람에 배 속에 고인 피가 장기를 모조리 썩어 들어가게 만든 것이다.

그때 바로 뒤의 환자를 보고 있던 김광석이 고개를 홱 돌렸다.

"뭐 해? 배 안 열고!"

환자 배 속을 볼 수 없는 그는 환자에게 가망이 있다고 여겼다.

하지만 도수는 배를 열어보지 않아도 정확한 상황을 파악하고 있었다.

썩은 장기를 들어내려면 배 속의 장기를 다 들어내야 한다.

즉, 사망할 수밖에 없다.

하지만 도수는 그걸 설명하고 있을 시간이 없었다.

"다음 환자."

그 말에 간호사가 눈을 치켜떴다.

'이런 성격이었나?'

절대 환자를 포기하지 않을 것 같았던 도수.

그 모습을 똑똑히 봐왔다.

그런데 이렇게 쉽게 포기하다니?

"뭐 해요, 안내하지 않고."

"…아, 네!"

그녀는 다음 환자에게로 움직이며 환자 상태를 떠올렸다.

그러나 도수는 그녀를 따라나설 수 없었다.

김광석이 손목을 덥석 잡은 것이다.

"뭐 하는 거지?"

"뭐가요?"

"왜 포기하느냔 말이야. 이 환자는 아직 살아 있어. 지금이라
도 빨리 배를 열어야……."

"닥터 킴이 하시는 게."

"뭐?"

"닥터 킴이 하시는 게 좋을 것 같아서요."

도수가 손목을 뿌리치고 말했다.

"이러고 있을 시간 없어요. 전 제가 살릴 수 있는 환자를 보겠
습니다."

그는 매정하게 걸음을 뗐다.

김광석은 당황한 채 서 있었다.

"대체……."

다 죽어가던 환자들을 살려냈던 도수다.

남들이 다 말리는 상황 속에서도 포기하지 않던 아이.

그런데 지금은 누구보다 위급한 환자를 누구보다 빨리 포기하
더니 다른 환자를 보러 간다.

김광석은 저절로 환자에게 고개가 돌아갔다.

'가망이 없다?'

그러나 이내 머리를 저었다.

어떻게 알 수 있단 말인가?

배를 가르지도 않고 한 번 보는 것만으로.

"후우."

숨을 뱉은 김광석이 간호사에게 말했다.

"메스."

도수가 포기했다고 해서.

그까지 포기할 순 없었다.

*   *   *

샤아아아아아.

도수의 두 눈이 번뜩였다.

병실 안부터 복도까지 줄지어 누워 있는 환자들.

그들 몸속이 사진으로 찍은 것처럼 투영됐다.

도수는 그들을 휙휙 지나쳤다.

'이 사람도 아니야.'

그는 위급한 환자를 찾았다.

'이 사람도.'

슥.

정말 위급한 환자부터 수술을 해야 한 사람이라도 더 살릴
수 있다.

스윽.

다시 또 지나치자 뒤를 쫓던 간호사가 발목을 잡았다.

"닥터?"

도수가 고개를 돌리자.

그녀가 물었다.

"대체 어디 가시는 거예요? 방금 지나친 환자들은요?"

"⋯⋯."

그녀를 빤히 바라보던 도수가 말했다.

"상처 소독하고 압박붕대로 지혈해 주세요."

"네?"

"그게 간호사님이 할 일입니다."

"⋯⋯."

이게 끝?

그러나 도수는 부연하지 않고 다시 제 갈 길을 갔다.

"아⋯⋯!"

뒤늦게 정신을 차린 간호사가 헐레벌떡 뒤따르며 물었다.

"닥터! 바로 치료하지 않으세요? 방금 그 환자는 배 안쪽이 다쳤을 수도 있잖아요!"

"누가 그래요?"

"네?"

"배 안쪽이 다쳤다고. 누가 그래요."

"무슨⋯⋯."

도수가 걸음을 멈추고 말했다.

"판단은 제가 합니다. 의문을 가지면 처치가 늦어져요. 처치가 늦어지면 환자를 잃게 될 거고."

"아⋯⋯! 죄, 죄송합니다."

고개를 숙이는 간호사.

도수가 말을 이었다.

"방금 그 환자는 총알이 복부를 관통하긴 했지만 동맥이나 장기를 다치지 않았습니다. 이게 마지막이에요."

더 이상 묻지 말라는 뜻.

간호사는 도수의 뒤를 쫓으며 속으로 욕지거리를 삼켰다.

'역시 싸가지……'

하지만 도수의 실력만은 인정하지 않을 수 없었다. 잠시도 망설이지 않고 슥 훑어보는 것만으로 환자를 척척 분리해 내고 있는 것이다.

'닥터 킴보다도 빠른 것 같아.'

간호사의 새삼스러운 눈길이 도수의 등을 쫓았다.

*   *   *

그 후에도 여러 명의 환자들을 지나치던 도수는 우뚝 걸음을 멈췄다.

그리고 나란히 누워 있는 군인 둘을 보았다.

울컥, 울컥.

상처에서 피가 쏟아지고 있었다.

한 사람은 목과 턱 부위에 총상을 입었고, 또 한 사람은 복부에 총을 맞았다.

두 사람의 상태를 확인한 간호사가 말을 더듬었다.

"두, 둘 모두 의식불명이에요. 호흡도 불안정하고… 출혈도 심한데, 점점 더 상태가 악화되는 것 같아요. 이건… 누구부터 하시겠어요?"

그러고는 자신 없이 덧붙였다.

"역시 목과 턱을 다친 환자겠죠?"

"아뇨."

그 순간에도 도수는 투시력을 발휘하고 있었다.

"수술은 복부 총상 환자부터 합니다."

"네? 왜요?"

복부에 총상을 입은 환자는 겉보기에는 양호해 보였다. 총알에 스쳐서 생긴 상처에 불과했으니까. 면적도 넓지 않아서 비교적 서두르지 않아도 될 것 같았다. 하지만 도수의 눈에만 보이는 장면이 있었으니.

"대동맥을 다쳤어요."

"……!"

대동맥 안쪽은 압력이 굉장히 높기 때문에 살짝만 상처가 나도 점점 벌어지면서 출혈량이 기하급수적으로 늘어난다. 즉, 순식간에 사망에 이를 수 있는 것이다. 하지만…….

간호사가 머뭇거리며 물었다.

"거, 겉만 보고 그게 보이세요?"

"네. 서두르죠."

간호사가 원하는 대답이 아니었다. 설명이 일체 배제된 간결한 대답.

도수는 메스를 집어 들었다.

"일단 목과 턱을 다친 환자는 질식하지 않게 응급처치만 하고, 복부 총상 환자부터 수술하겠습니다."

그 순간.

김광석의 목소리가 들려왔다.

"역시 대단해. 출혈량만 보고도 대동맥이 다쳤다고 확신하고 우선순위로 삼다니."

"확신이 아니라 가정입니다."

"말투나 행동은 확신인데?"

김광석의 말투에 가시가 박혀 있었다. 그는 결국 도수가 포기했던 환자를 살려내지 못한 것이다. 배를 연 순간 그가 본 것은 전부 썩어버린 장기들이었다.

"……."

도수가 말이 없자 그가 덧붙였다.

"…지금은 급하니 이 얘긴 나중에 하지. 그건 내려놔."

도수의 메스를 가리키는 것이다.

그를 저지한 김광석이 간호사에게 말했다.

"기도 삽관 준비해 줘."

"아… 네!"

간호사가 후두경과 기관 내 튜브, 앰부백을 준비했다.

김광석은 도수의 표정을 유심히 훑으며 물었다.

"이 도구들도 처음 보는 눈친데. 메스를 든 걸 보면 기도절제술을 하려고 했나? 기도 삽관은?"

"전 칼을 써왔습니다."

"기도절제술을 할 줄 알면서 기도 삽관은 모른다. 게다가 수많은 환자들의 상태를 겉만 보고 척척 파악한다……."

김광석이 나지막이 되뇌며 기도 확보를 하려던 찰나.

환자 목에서 피가 콸콸 쏟아졌다.

"……!"

출혈이 너무 심하다.

즉, 시야 확보가 잘 되질 않는다.

'감으로 해야 하나?'

김광석은 잠시 고민했다.

기도 삽관은 그만큼 쉬운 작업이 아니었다. 대학병원에서도 기도 삽관에 어이없게 실패해 환자가 사망하는 경우가 있을 정도로.

하지만 그는 실력에 자신감을 가질 만한 써전.

'감으로 한다.'

결단을 내린 김광석이 막 손을 움직이려 했다.

그 순간.

도수가 불쑥 석선 튜브를 내밀었다.

"……?"

김광석이 눈을 크게 뜨자 도수가 말했다.

"피를 빨아들여야 제대로 보일 거 아니에요?"

"아!"

김광석, 간호사가 동시에 탄성을 터뜨렸다.

무슨 센스가…….

"어시스트 서면 칭찬 좀 받겠어."

김광석이 석선 튜브를 받아 간호사에게 건넸다.

그렇게 두 사람이 응급처치를 할 준비를 마치자 도수도 복부 총상 환자에게 시선을 옮겼다.

"후우."

다시 칼을 들고 환자와 마주 선 도수.

그는 환자의 다리를 주욱 갈랐다.

그러자 찢어진 대동맥이 눈에 들어왔다.

콸콸콸.

극심한 출혈.

도수는 표정을 잔뜩 일그러뜨리고 있는 이근육에게 외쳤다.

"석션!"

"전 경호를……."

"간호 보조 해봤다면서요."

"수술방에는 안 들어갔지만… 여기 있습니다."

이근육이 석션 튜브를 내밀었지만 도수는 다르게 지시했다.

"간호사 하는 거 보고 해요, 빨리."

이근육은 바로 옆 수술대에서 김광석의 어시스트를 하고 있는 간호사를 훔쳐보며 석션을 시작했다.

치이이이이익!

도수는 세척액과 거즈를 이용, 이리게이션을 실시한 뒤에 포셉(Foceps: 의료용 겸자)을 집어 들었다.

샤아아아아아아.

피로 물든 시야.

그 속에 잠긴 대동맥의 위치가 선연하게 나타난다.

그리고.

콰악!

단 한 번.

단숨에 대동맥을 집었다.

"한 번에……!"

이근육은 감탄했다. 그의 눈에는 대동맥의 위치가 전혀 보이지 않았던 것이다.

한편 감이 아닌 투시력으로 정확한 출혈 지점을 막아낸 도수. 지혈 다음 단계를 생각하는 그는 머릿속에 대피소로 들어올 때 보았던 식단 메뉴판이 스쳐 지나갔다. 그리고 이내 입을 열었다.

"일단 출혈은 막아뒀습니다. 지금 바로 식당으로 가세요."

"식… 당이요?"

식당은 바로 옆방이다.

그런데 뜬금없이 식당은 왜?

도수가 말했다.

"주방에 가서 냉동고를 열어보면 냉동돼 있는 염소 장이 있을 겁니다. 녹여서 가져오세요."

"여, 염소 장이요?"

"염소 곱창이었거든요. 여기 어제 저녁 식사가."

갑자기 이곳이 대피소로 바뀌었으니 식재료를 쓰지 못했을 터.

도수는 기지를 발휘했다.

"찢어진 혈관을 대체할 인공 혈관이 필요합니다. 그만 물어보고 빨리 가져오죠? 환자 죽일 거 아니면."

*　　　　*　　　　*

기도 삽관을 끝낸 김광석은 볼을 타고 흐르는 땀을 닦았다.

'끝이 없군……'

환자의 죽음에 애도를 표할 시간도 없었다. 다음 환자, 해결하면 또 다음 환자. 김광석은 즉시 다른 환자를 보러 움직였다.

그 와중 복부 총상 환자를 보고 있는 도수가 눈에 들어왔다. 그를 보조해 주는 이근육이 정체불명의 장기를 들고 들이닥친 게 아닌가?

'뭐지?'

우뚝.

걸음을 멈춘 김광석은 갈등했다.

"저쪽부터 가지."

그는 발길을 돌렸다. 어차피 도수가 환자를 보고 있는 근처에도 상태가 안 좋은 환자들이 여럿 있었던 것이다.

도수에게 다가간 김광석은 다른 환자의 상태를 체크하며 물었다.

"그레프트(Graft: 혈관을 대체하는 것)를 하려는… 아니, 인공 혈관인가?"

찢어진 대동맥을 복구할 땐 인공 혈관을 집어넣고 봉합을 한다. 그렇게 안쪽을 보강해야 다시 터질 확률을 줄일 수 있는 것이다.

도수가 대답했다.

"염소 장입니다."

"염소 장……"

중얼거린 김광석이 물었다.

"대동맥의 압력을 버티기엔 좀 약한데?"

"네."

도수는 부정하지 않았다.

"어차피 이송한 뒤 2차 수술을 해야 합니다. 임시방편이에요. 고무호스나 코끼리 코 같은 게 있으면 더 좋겠지만."

고무호스.

코끼리 코.

비상식적이어서 그렇지, 좋은 대안이 될 수 있다.

대동맥은 넓고 단단하니까.

하지만 이곳에서 당장 그런 보강재를 구하긴 힘들었다. 동물 장기를 생각해 낸 것 자체가 기적이었다.

"…그 편이 더 좋긴 하겠군."

볼수록 놀라운 녀석이라 이제 더 놀랄 것도 없다.

김광석은 간호사에게 눈길을 돌리며 말했다.

"메스."

진단이 끝난 이상, 이쪽도 수술을 시작해야 한다.

*   *   *

도수는 염소 장을 필요한 만큼 잘라냈다.

"석션."

슬슬 손에 익은 이근육이 재빨리 나섰다.

치이이이이익.

대동맥을 가린 피가 빨려 들어갔지만.

그새 출혈이 심해졌는지 금방 다시 핏물이 들어찼다.

'최대한 체력을 아껴야 하는데…….'

도수는 주위를 둘러봤다.

위급한 환자가 얼마나 더 있는지 모른다.

즉, 지금 그가 쓰러지면 이 많은 환자들을 고스란히 김광석 혼자 떠맡아야 하는 상황이 발생하는 것이다.

그럼 살 사람도 죽을 수밖에 없다. 치료에 있어서 생과 사를 가르는 데 가장 중요한 건 타이밍이기 때문이다.

하지만 그렇다고 촌각을 다투는 환자에게 힘을 아낄 수도 없는 노릇.

도수는 입술을 깨물며 투시력을 썼다.

샤아아아아아아.

그의 두 눈이 밝게 빛나며 대동맥이 드러났다. 그득한 핏물 따위는 이제 장애가 되지 않았다.

그걸 모르는 이근육이 물었다.

"어, 어떡합니까? 시야 확보가 전혀 안 되는데… 그새 상처가 더 벌어졌는지 출혈이 너무 심합니다."

"석션은 그만."

"네?"

"피만 짜세요."

"……!"

눈을 동그랗게 뜬 이근육이 떨떠름하게 석션 튜브를 내려놓고 피를 짰다.

"어떻게 하실 생각이십니까?"

"……."

도수는 대답하지 않았다.

대신 침착하게 핏물 속으로 손을 집어넣었다. 그렇게 간단한 확인을 마치고, 짤막하게 뱉었다.

"타이."

"예?"

도수는 말없이 이근육을 쳐다봤다. 두 번 말하게 하지 말라는 눈빛으로.

이근육은 실과 바늘을 넘겨줄 수밖에 없었다.

그러자 다시.

쑥.

도수가 핏물 속으로 손을 넣는다.

"……!"

이근육은 눈앞의 어린 의사가 지금 무슨 짓을 하는 건지 종잡을 수가 없었다. 아마 수술을 경험해 본 사람이라면 더욱 경악했을 터였다.

그러든 말든 도수는 대동맥을 노려보며 손을 놀렸다. 반투명하게 보이는 대동맥. 그 위로 난 상처를 지나다니는 실과 바늘.

스슥.

손이 빠르게 움직였다.

눈 깜짝할 새에 대동맥에 여러 가닥의 실을 매단 그는 실을 끄집어 올렸다.

"염소 장."

"아!"

넋을 놓고 보고 있던 이근육이 헐레벌떡 염소 장을 집어 들었다.

"그대로 들고 있어요. 움직이지 말고."

그렇게 말한 도수는 염소 장에 실을 잇기 시작했다.

이번엔 핏물로 가로막혀 있지 않았기에 손놀림이 고스란히 다 보였다.

슥, 슥.

빠르다.

이근육은 눈을 치떴다.

"군 병원에서 간호 보조를 할 때 의사들이 꿰매는 건 많이 봤었는데… 몇 배는 더 빠른 것 같습니다."

도수는 짧게 눈길을 주었지만 뭐라고 대답하지 않았다. 그저 묵묵히 염소 장에 실을 꿰매서 대동맥의 찢어진 부위와 이었다.

고개를 갸웃한 이근육이 다시 물었다.

"실이 많이 남는데요?"

"보강재로 쓸 염소 장을 대동맥 안에 집어넣을 겁니다. 이렇게."

쑤욱.

염소 장을 들고 있는 손을 집어넣은 도수는 대동맥 안으로 밀어 넣었다. 잘 고정시킨 뒤 밖으로 빠져 있는 실, 그 실들을 투시력으로 들여다보았다.

그리고.

스슥…….

남는 실들을 이용해 대동맥 바깥쪽을 꿰매기 시작했다.

"석선."

이근육이 반사적으로 움직였다.

치이이이이익!

안쪽이 드러난다.

"다시 출혈이 멎었습니다……!"

뛸 듯이 기뻐하는 이근육.

그러나 도수는 눈길도 주지 않고 담담하게 마무리에 들어갔다. 마지막까지. 한 점 흐트러짐 없이 같은 속도로 봉합을 끝낸다.

마치 손끝에 열정이 실리는 느낌. 의식의 흐름대로 춤을 추듯이 손을 놀린다. 그리고 홀린 듯이 뱉었다.

"컷."

한쪽 손을 빼내 직접 가위로 실을 잘라내는 도수. 실밥이 전혀 보이지 않아 풀리지 않을까 싶을 정도로 깔끔한 솜씨였다.

"후……!"

가슴을 졸이고 있던 이근육이 자기도 모르게 참았던 숨을 내뱉었다.

"정말……."

그의 두 눈에서 뿜어져 나오는 눈빛이 예사롭지 않았다. 그전에 도수를 볼 때보다 훨씬 강렬하고 야릇한 감정이 담겨 있달까.

"정말 대단하십니다, 닥터."

"그런 얘긴 끝나고 하죠."

도수는 굳이 다리의 절개 부위를 닫지 않고 말했다.

"일단 거즈로 감아두세요."

"거즈로요?"

"조심해서 단단히 감아야 합니다."

"봉합은……."

"그건 시간 있을 때."

짧게 대답한 도수가 덧붙였다.

"믿습니다."

그렇게 툭 던진 그가 턱과 목을 다친 환자에게로 몸을 틀었다.

그런데.

환자의 상태가 이상했다.

"커, 커어……."

기도 삽관을 하고 옆으로 눕혀둬서 분명 한쪽 폐로만 피가 들어갔을 것이다. 나머지 한쪽 폐는 무사해야 정상이다. 즉, 당장 수술을 안 해도 충분히 버틸 수 있었던 상황.

한데 지금.

삽관한 튜브 자체가 피로 막힐 정도의 출혈을 보이고 있었다.

"안 돼……."

도수는 고개를 홱 돌렸다.

하지만 이미 김광석은 너무 먼 거리에 있는 환자의 옆구리를 연 채 수술을 하고 있었다.

당장 튜브를 빼고 기도 삽관을 할 수도 없는 상황.

도수의 머릿속이 복잡하게 엉켜들었다.

'어떡하지?'

머리가 빠르게 돌아갔다.

'출혈을 잡아야 한다.'

여는 수밖에 없었다.

도수가 즉시 입을 열었다.

"칼."

턱.

이근육이 메스를 건넸다.

메스를 받은 도수는 조금도 지체하지 않고 환자의 상처 부위를 절개했다. 그리고 동시에 투시력을 할 수 있는 한 극한까지 끌어 올렸다.

샤아아아아아.

복잡한 혈관 구조가 눈에 들어왔다.

곳곳이 찢어진 혈관들.

'젠장.'

대미지를 입은 혈관이 너무 많았다. 복부 총상 환자를 수술하는 게 조금만 더 빨랐더라면… 의사가 한 명이라도 더 있어서 환자를 지켜보고 있었더라면… 오만 가지 생각들이 도수의 머릿속을 누볐다.

"집게."

도수의 말에.

이근육이 서둘러 움직였다. 그 역시 얼마나 위급한 상황인지 도수의 표정과 환자 상태를 보면 짐작할 수 있었던 것이다.

턱.

투시력을 통해 찢어진 혀동맥의 분지(分枝: 원 줄기에서 갈라져 나간 혈관)를 정확하게 파악한 도수는 클램프로 출혈 지점을 잡았다. 하나 잡고, 빠르게 다시 말한다.

"집게."

턱.

또다시.

"집게."

턱!

얼굴 동맥의 분지(分枝)를 콱 집은 도수의 이마로 식은땀이 흘렀다. 체내에 흐르는 혈액이 부족했다. 투시력을 통해 혈압과 산소포화도가 기하급수적으로 떨어지고 있음을 굳이 검사하지 않아도 직접 볼 수 있었다.

초조한 표정의 도수.

"타이."

그의 손짓이 빨라졌다.

출혈 지점을 하나씩 봉합했다.

더, 더 빨리.

슥. 스슥.

난시가 있는 이근육의 눈에는 도수의 손이 잔상을 남기는 것 같이 보였다. 그만큼 빠른 움직임이었지만 환자의 상태는 더 빠르게 악화됐다. 마치 가파른 경사에서 생명이 든 수레를 굴린 것처럼 급격히 떨어진다.

"안 돼……!"

안타까운 신음을 터뜨린 도수의 손이 멈칫했다. 심장이, 심장 박동이 들려오지 않는다. 그리고 공포에 질린 눈빛으로 시선을 돌렸을 땐, 이미 심장이 뛰지 않고 있었다.

"심정지!"

도수는 이미 환자한테 올라타서 심폐소생술을 실시했다.

"제세동기는?"

그가 고개를 돌리며 물었지만.

이근육은 굳은 표정으로 대답했다.

"…이곳엔 없습니다. 닥터… 사망했습니다."

"아니."

도수의 눈동자가 흔들렸다.

"살릴 겁니다."

그는 다시 심폐소생술을 시작했다.

그렇게 얼마나 지났을까.

전신이 땀으로 젖었을 때에서야, 도수에게 다가온 김광석이 손목을 잡아뗐다. 그러고는 고개를 저었다.

"다음 환자를 봐야지."

"이 환자는……."

도수가 입을 뗐다.

"살릴 수 있었습니다… 가망이 있었어요."

"아니."

김광석은 단호하게 말했다.

"복부 총상 환자, 그리고 이 환자. 모두 살릴 순 없는 상황이었어. 기도 확보를 해줘서 시간을 벌었다고 생각했었지만… 이런 상황을 예측 못 한 건 내 실수야. 그렇다고 당장 수술해야 할 다른 위급한 환자가 있는데 멍하니 서서 이 환자만 관찰하고 있을 수도 없던 상황이고."

"제가 조금만 더 빨리 출혈을 잡았다면……."

"그것도 아니. 너처럼 손이 빠른 써전도 못 잡은 출혈이면 누가 와도 결과는 같았을 거다. 환자가 더 버텨줬다면 결과가 달라졌을 수도 있었겠지만, 그건 우리가 선택하는 게 아니야."

김광석은 똑바로 눈을 맞춘 채 말을 이었다.

"우린 우리가 할 수 있는 최선을 다할 뿐이지. 충분히 회복이 가능하다고 생각됐던 환자가 사망하는 경우도 있고, 회복이 힘들다고 생각했던 환자가 기적처럼 살아나는 경우도 있다. 넌 네가 치료할 수 있는 다른 환자를 봐야 돼."

"……."

마침내.

도수가 손을 뗐다.

"…가시죠."

그는 침상에서 내려왔다.

고개를 끄덕인 김광석이 말했다.

"이제 진짜 촌각을 다투는 환자는 대충 마무리된 듯하니 여기를 기준으로 왼편은 내가, 오른편은 네가 맡자."

"네."

도수는 군말 없이 오른편으로 향했다. 아무렇지 않은 것처럼 보였지만 가슴속에선 무언가가 무너져 내리고 있었다. 그게 뭔지는 그도 알지 못했다. 언젠간 살릴 수 있는 환자의 죽음과 마주하리란 것을 알았지만 오늘이 될지는 몰랐다. 투시력 덕분에 그동안 수술에서만큼은 실수를 예방할 수 있었다. 설령 수술 후

회복 과정에서 사망했다 하더라도 이처럼 허무하게 환자를 놓친 적은 처음이었던 것이다.

허망하다.

허무했다.

우뚝.

도수는 다시 환자 앞에 멈춰 섰다. 환자와 마주 섰다. 그가 멍하니 환자를 바라본 그 순간.

어깨에 총상을 입은 환자가 벌떡 일어났다.

그와 눈이 마주친 도수는 순간적으로 섬뜩한 느낌을 받았다.

그리고 아니나 다를까.

환자의 이불 속에서 이곳에 있으면 안 될 흉기 두 개가 솟구쳤다.

"죽어라."

한 손엔 총.

다른 한 손엔 수류탄.

먼저 당겨진 건 방아쇠였다.

타앙!

제10장

전환점

총구가 자신을 향한 그 찰나의 순간.

도수는 수류탄을 향해 뛰어들었다.

이곳 사람들을 위해서, 그렇게 생각하고 저지른 행동이 아니었다. 어떠한 생각을 할 겨를도 없이 몸이 본능적으로 먼저 움직였다.

탕! 탕! 탕! 타앙!

몇 발의 총성이 연달아 울렸다.

그리고 도수는 수류탄을 빼앗은 채 나뒹굴었다.

"......"

비명도 나오지 않았다.

고통.

언젠가 겪게 되리라고 생각했던 통증이 엄습했다.

그리고 동시에 부모님의 얼굴이 머릿속에 스쳐 지나갔다. 평소에는 그렇게 떠올리지 않으려 했던 두 분의 모습이.

'얼마나 고통스러우셨을까.'

눈물이 났다.

옆을 보자 총에 맞고 쓰러진 환자… 아니, 반군의 첩자가 보였다.

"닥터!"

세상이 다시 돌기 시작했다.

이근육이 자신을 부축하는 게 느껴졌다.

"이런, 피가…….

무언가 말을 하려던 도수의 입에서 피가 먼저 뿜어져 나왔다.

"쿨럭, 쿨럭!"

객혈(喀血)이다.

즉, 복부에 한 발은 폐에 손상을 주었을 테고.

어깨에 한 발.

허벅지에 한 발.

도수는 부상당한 중에도 자신의 상태를 점검했다. 그러나 출혈이 얼마나 있을지, 정확히 어떤 혈관이나 장기를 다쳤는지까지는 알 수 없었다.

"지혈을…….

대답 대신 김광석의 목소리가 들려왔다.

"이리 눕혀! 빨리!"

주변이 분주해졌다.

군인들이 도수를 들어 침상에 눕혔다.

한편 이근육은 총에 맞고 쓰러진 반군을 일으켜 세웠다. 반군은 붙잡혀서 허망하게 중얼거렸다.

"어떻게……."

총을 쏘는 순간.

설마 수류탄을 빼앗으려 오히려 달려들 줄은 꿈에도 몰랐던 것이다.

도수 탓에 거사가 무산된 셈.

아이러니한 건, 그 덕분에 도수도 목숨을 건졌다. 만약 가만히 서 있었거나 도망치기 위해 뒤로 몸을 빼다가 총에 맞았다면 머리가 날아갔을 터였다.

넋이 나간 반군의 멱살을 틀어쥐고 있던 이근육이 수하들에게 그를 거칠게 넘기며 말했다.

"끌고 가."

목소리가 부글부글 끓고 있었다. 당장에라도 총으로 쏴서 죽이고 싶은 마음이 전해졌다. 하지만 어깨에 총상만 입은 반군은 두려워하지도, 맞서지도 않고 끝끝내 도수를 노려볼 뿐이었다.

"젠장……."

문제는 도수.

김광석은 도수의 출혈을 막으며 말했다.

"의식 잃으면 안 된다. 바로 응급수술을 할 거야."

도수는 고개만 살짝 끄덕였다.

"마취하지."

김광석이 말했고, 간호사가 피를 매달았다.

한순간에 졸지에 의사에서 환자로 변한 것이다.

'이대로 쉬는 것도… 나쁘지 않아.'

도수는 눈을 감았다.

*　　　　*　　　　*

도수가 다시 눈을 떴을 때, 눈에 들어온 것은 병실이었다.

2차 병원이 아니다.

허름하긴 해도 널찍했고 간호사들도 여럿 보였다.

그를 발견한 간호사가 눈을 동그랗게 뜨며 외쳤다.

"닥터 리! 정신이 좀 드세요?"

끄덕끄덕.

"여기가 어딘지 아시겠어요?"

"군 병원."

"맞아요."

활짝 웃은 간호사가 고개를 돌렸다.

"장군님! 그렇게 걱정하시던 닥터 리가 정신을 차리셨네요."

"나도 보고 있네."

할리 무어였다.

그는 도수에게 물었다.

"몸은 좀 괜찮나?"

끄덕끄덕.

"…내가 없는 새에 또 사고를 쳤더군."

"……"

"아주 대단한 일을 해냈어."

도수가 대답하지 않자, 그가 말을 이었다.

"불과 이틀. 48시간이야. 이 48시간 동안 세상이 변했네."

"세상이… 변했다고요?"

"그래. 끝날 것 같지 않았던 전쟁. 지긋지긋한 7년간의 전쟁이 끝났어."

도수는 충격을 받았다.

갑자기 내전이 일어났을 때처럼.

부모님이 돌아가신 그 순간처럼.

"…어떻게요?"

"별로 놀라지도 않는군."

아니, 놀라고 있다.

"반군의 게릴라식 습격으로 총리가 사망했어. 그 아들은 운 좋게 살았네. 질긴 목숨이야."

도수의 가슴이 철렁 내려앉았다.

"난민들은? 난민들은 어떻게……."

"그쪽은 문제없네. 총리는 저격을 당한 거니까."

"아……!"

"자네처럼."

"네?"

"자네도 저격을 당했잖나. 방식은 달랐지만."

"……."

"천운이야. 자네가 아니었다면 그곳에 있었던 미국인들과 부상병들, 의료진들까지 모조리 다 죽을 뻔했네."

그때, 익숙한 목소리가 들려왔다.

"이제 막 깨어난 사람한테, 너무 이른 거 아니에요?"

매디 보웬 기자였다.

"매디."

"도수. 일단 살아남은 걸 축하해."

긴 전쟁에서 살아남은 걸 말하는 건가, 아니면 저격에서 살아남은 걸 말하는 걸까?

"…고맙습니다."

"내가 뭐 한 게 있다고. 너한테 감사 인사를 전하고자 하는 사람들이 많아."

"누가……?"

"누구긴. 너와 닥터 킴이 치료해 준 많은 군인들. 그리고 세계의료협회 미국인들. 그리고… 총리 아들과 여기 장군님까지."

"……"

도수는 감사 인사를 받기가 불편했다. 낯설기도 하고 멋쩍기도 하고 정작 다른 데로 관심이 가버린 것이다.

"아무리 그래도, 어떻게 이틀 만에 전쟁이 끝날 수 있습니까?"

"총리가 죽었어. 미국인들이 습격을 받아서 다쳤고. UN군도 적잖은 타격을 입었지. 반군이 노린 건 정부군과 UN군을 공황 상태에 빠뜨리는 것이었지만, 미국인들과 너라는 변수가 있었던 거야."

"저요?"

"응. 네가 반군의 계획을 저지시킨 핵심 인물이야. 조사 결과에도 그렇게 나와 있고."

"……?"

도수가 무슨 말인지 알아듣지 못하자, 그녀가 차분하게 설명을 덧붙였다.

"네가 총리 아들을 살려내면서 라크리마가 혼란에 빠지는 일을 막을 수 있었어. 그래도 반군이 똑똑한 게, 총리의 성향을 한 발 앞서 예측했다는 거야. 도발만은 통했을 거라 생각하고 다음을 준비했지. 바로 게릴라 작전. 근데 네가 묘하게 끼어들면서 난민과 부상병들을 버리고 반군의 함정에 뛰어들 뻔했던 총리의 계획이 수포로 돌아갔어. 하지만 이미 주사위는 던져졌지. 반군이 작전을 철회할 수 있었겠어?"

"…그래서요?"

"여기서 문제가 생긴 건, 하필이면 미국인들을 건드린 거야. 그래서 반군은 시간을 벌려고 했어. 테러범을 보내 미국인들과 함께 폭사하려 한 거지. 그렇게 됐으면 미국이 개입하기 전에 배후를 조사한다, 뭐 한다 일이 복잡하게 엉킬 테니까. 그사이 반군은 뿔뿔이 흩어져 잠적하든지 다음 계획을 세울 속셈이었을 거야. 그런데……."

매디 보웬이 피식 웃었다.

"그마저도 너 때문에 실패로 돌아갔지. 그 덕분에 미국은 미국인 생존자들로부터 범인의 소속을 확인하고 그걸 명분 삼아 UN군, 라크리마 군부와 연계했어."

놀라운 이야기였다.

도수는 어느 하나 의도한 게 없었기 때문이다.

하지만 진짜 궁금한 건.

"그렇다고 전쟁이 이틀 만에 끝나요?"

"미국이잖아."

매디 보웬이 윙크를 했다. 그녀 역시 미국인. 자기 나라가 세계 최강의 강대국이라는 자긍심이 표정에서 묻어났다.

"이번 일로 추측컨대, 이미 내전이 터진 시점부터 미국 첩보원들이 비밀리에 활동하고 있었을 거야. 반군 세력 핵심 인물들과 거점지도 전부 확보해 둔 상태였을 거고. 특수부대를 파견해 이틀 만에 이 참혹한 전쟁을 끝낸 거지. 여기까지가 내가 조사한 전부야."

"……."

전쟁이 끝났음에도.

도수의 안색은 어두웠다.

"표정이 왜 그래? 실감이 안 나?"

"이렇게 쉽게 끝낼 수 있는 걸 그렇게 수많은 사람이 죽어가는데……."

매디 보웬은 씁쓸하게 대답했다.

"그렇지. 하지만 뭐든 명분이 있어야 하니까. 특히 국가가 움직이려면 더더욱. 국제사회의 이해관계란 건 그리 간단치 않거든. 받아들이긴 쉽지 않겠지만."

"……."

"하긴… 납득할 수 있다고 해도, 전쟁의 실질적인 희생자인 너한테 그 누가 이해를 바랄 수 있겠어."

도수는 눈을 질끈 감았다.

이제는 이 지긋지긋한 곳을 떠나고 싶었다.

온갖 더러운 꼴을 당해서가 아니었다.

총을 맞아서도 아니었다.

갑작스러운 심경 변화가 아닌, 더 이상 땅에 남을 이유가 사라진 것이다.

"다행이에요."

한마디.

도수의 입에서 나온 말은 딱 한마디였다.

수많은 감정이 엉킨 말이다.

분위기가 무겁게 가라앉은 그때.

할리 무어 장군이 혼잣말처럼 물었다.

"매디 보웬 기자. 나한테 환자한테 너무한 거 아니냐고 하더니 본인은 이래도 되는 건가? 안정이 필요한 환자한테……."

"전 며칠 분량을 아주 조리 있게 요약해서 팩트만 얘기하잖아요. 이게 업이기도 하고."

"말이나 못 하면."

머리를 흔든 할리 무어가 도수에게 시선을 돌렸다.

"나도 이제 더 이상 이 땅에 머물 이유가 없어졌군. 자네는 이제 어쩔 셈인가?"

"모르겠습니다."

"자네만 괜찮다면 내 약속은 유효해. 미국에서 제대로 의학을 공부하게 해줄 수 있네. 물론 꼭 내가 아니더라도… 세계의료협회 사람들이 자넬 돌봐줄 테지만 말이야. 재정적인 지원 같은 건 나도 얼마든 해줄 수 있어."

"예전부터 계속 느낀 건데."

"음?"

"돈 많으신가 봐요."

"……."

흠칫 당황한 할리 무어가 고개를 저었다.

"내가 어디 쓸 일이 있었나. 여기서 버는 돈은 족족 가족들한테 가는데."

"필요하면 말씀드리죠."

도수는 창밖으로 시선을 돌렸다.

여전히 아름다운 라크리마의 풍경이 노을빛에 붉게 물들고 있었다.

이 땅에 남을 이유를 잃은 채.

도수는 그 광경이 낯설게 느껴졌다.

그리고 한참 만에, 입을 열었다.

"한국."

"응?"

도수는 죽음의 그림자가 닥치는 순간 떠올랐던 부모님의 얼굴을 기억했다.

비록 세 식구가 행복했던 때로 돌아갈 순 없겠지만, 행복하게 지내던 추억이 깃든 땅을 다시 찾아가 보고 싶었다.

도수는 '한국'이란 단어에 귀를 기울이는 두 사람에게 대답 대신 물었다.

"닥터 킴은요?"

"닥터 킴? 아침까지만 해도 들르셨어. 지금은 한국으로 돌아갈 준비를 하고 계실 거고."

고개를 끄덕인 도수가 말했다.

"닥터 킴을 만나봐야겠어요."

*   *   *

그날 저녁.

김광석이 도수를 찾아왔다.

"날 보자고 했다고?"

"네."

"몸은? 좀 어떠냐."

"괜찮아요."

거짓말이다.

낮에도 아팠을 텐데, 밤에는 얼마나 아플까.

김광석이 나지막이 말했다.

"패혈증이 의심된다. 혈액검사와 세균배양 검사를 의뢰해 둔 상태야."

"패혈증……."

패혈증(敗血症).

심해지면 죽음에 이를 수도 있는 무서운 질환이다.

그러나 김광석은 덤덤한 목소리로 안심시켰다.

"너무 걱정은 말고. 꾸준히 모니터링하면서 치료하면 괜찮을 거다. 문제는 지금 라크리마 전역에 손길이 필요한 환자가 너무 많아. 아마 한국으로 이송해서 치료하게 될 것 같구나."

"왜 한국이죠?"

"네 국적이 한국이니까. 정부 차원에서 신경 쓰고 있다. 치료비도 정부에서 전액 부담할 거고. 네가 이민 절차를 밟지 않는 이상 다른 나라들이 개입할 수 없는 상황이지. 명분은 타당하다."

도수는 피식 웃었다.

7년 동안 그에게 관심도 없던 나라였다. 그런데 세계적으로 이슈가 되니 이제야 자국민이라며 정부에서 직접 나선다.

"태세 전환 한번 빠른데요."

김광석은 말없이 한숨을 내쉬었다. 그 역시 지금 상황이 못마땅한 것이다.

"일단은 천하대병원으로 이송될 것 같다."

"왜 천하대병원이죠?"

"한국에서 가장 큰 병원이야."

"그게 끝이에요?"

"나도 자세한 내용은 모른다. 병원 측에서 손을 썼겠거니, 하고 추측할 뿐."

고개를 끄덕인 도수가 말했다.

"저를 홍보 수단으로 삼으려는 거군요."

"그렇겠지."

도수는 세상 사람들에게 영웅으로 불리고 있었다.

국내뿐 아니라 국제적으로 병원을 홍보할 수 있는 좋은 기회다. 이를 천하대병원이 놓칠 리 없었다.

곰곰이 생각하던 그가 말을 돌렸다.

"닥터는요?"

"나도 내가 왔던 곳으로 돌아가야지."

그의 눈동자가 아련하게 잠겼다. 도수는 그것이 가족에 대한 그리움이란 것을 알 수 있었다.

"돌아갈 곳……."

그에게는 그런 곳이 없었다.

쓸쓸하게 중얼거리는 그를 보던 김광석이 말했다.

"앞으로 천천히 치료받으면서 앞으로 뭘 할지 생각해 봐."

"일단은 해야 할 일이 있어요."

"해야 할 일?"

"부모님과 관련된 일이에요."

일부러 잊고 지냈던 부모님이다.

하지만 이젠 케케묵은 판도라의 상자를 꺼낼 때가 됐다.

전쟁터에서 봐왔던 어떤 의사보다 뛰어난 실력을 가졌던 의사 부부가 왜 젊은 나이에 애까지 데리고 한국을 떠나 이런 오지를 전전하는 삶을 살았는지.

단순히 '해외 의료 봉사'라고 하기엔 의문점들이 많았다.

그 의문점을 해결하고, 부모님이 한국에 남겨둔 게 있다면 전부 되찾아야 했다. 하다못해 '흔적'이라도. 자신의 근원에 대해 의문을 가지는 건 도수만이 아니라 인류의 본질적인 궁금증이었다.

"7년이 지난 지금 뭐가 남았을지 모르겠다만… 나도 힘닿는 데까지 도와주마. 그 전에, 나도 궁금한 게 있다."

"말씀해 보세요."

"네 비밀."

"……"

잠시 입을 닫고 있던 도수가 말했다.

"말씀드려도 못 믿으실 거예요."

"믿고 말고는 내 몫이지."

"그럴까요?"

"그래."

한숨을 내쉰 도수가 입을 열었다.

"갑자기 내전이 시작되고 저희 집에 폭탄이 떨어졌을 때. 부모님이 돌아가신 그날 저도 큰 부상을 당했어요. 정확한 상태는 모르겠지만 머리에 파편이 박혔던 걸로 기억해요."

"파편이……!"

김광석이 눈을 치떴다.

"천운이구나. 파편이, 그것도 머리에 박혔다면 백 명 중 아흔아홉 명은 사망할 텐데."

"저도 위험했겠죠."

그 순간 김광석의 머릿속에 한 가지 생각이 번뜩였다.

"널 구해준 의사가 있었던 거냐? 그가 네 스승……."

"저 말하고 있는데요."

"크흠! 그, 그래. 계속 들어보자."

"말씀드렸던 대로 제 스승은 없고요. 의사셨던 부모님이 돌아가시기 전에 보던 것들이 전부예요."

"그 어린 시절에 보고 들은 걸 기억한다고?"

아니, 기억한다고 해서 뭔가를 할 수 있는 건 아니다. 만약 그런 식으로 의사가 될 수 있었다면 전국 병원의 간호사들이나 코디네이터들은 전부 의사로 직업을 바꾸어야 할 터였다.

"그것만으로 환자를 수술했다고?"

김광석이 선뜻 받아들이지 못하자.

도수가 말했다.

"그래서 제가 얘기했잖아요. 못 믿으실 거라고."

"…계속해라. 난 믿고 있다."

전혀 못 믿겠다는 얼굴로 도수가 말을 이었다.

"어쨌든 그래서, 그때 이후 감각이 비약적으로 발달했어요. 왜 그런 건지 이유는 몰라요. 설명을 들을 사람도, 그럴 만한 시간도 없었거든요."

'투시력'을 '감각' 정도로 포장했다. 어차피 이 얘기나 저 얘기나 못 믿을 내용임은 매한가지였기 때문이다. 그나마 감각이라고 둘러대는 편이 받아들이기 쉬울 터였다.

김광석이 물었다.

"검사는 해봤을 거 아니냐."

"특별한 건 없었어요."

김광석이 팔짱을 낀 채 턱을 만지작거렸다. 현대 의학으로도 증명하지 못하는 영역이 아직 남아 있었다. 특히 뇌를 다루는 신경외과 쪽은 미지의 영역이 넓었다. 하지만 이런 일은 보기 드문 경우였다.

"나머지는 직접 경험하면서 터득했고?"

"네."

"후……"

한숨을 내쉰 김광석은 팔짱을 풀고 말했다.

"괜히 물어본 것 같구나. 속이 시원해야 하는데 궁금증만 더 늘었어."

"그래서 말씀드렸잖아요. 별로 설득력 있는 이야긴 아니라고."

"무슨 SF소설도 아니고… 전쟁에서 장르가 바뀌었군."

"아직 장르를 속단하긴 이른데요."

입꼬리를 말아 올린 도수는 침대 밑에서 종이 한 장을 꺼냈다.

팔락.

군데군데 구겨지고 찢어지고 때가 타 있었다.

"이게 뭐냐?"

"제 막사에서 매디가 가져다준 거예요. 한번 보세요. 이 영화의 진짜 장르는 반전 서스펜스가 될 테니까."

"······!"

종이를 내려다본 김광석은 눈을 부릅뜬 채 말을 잇지 못했다.

"설마 이 사람이?"

"네, 맞아요."

"그래서 천하대병원이란 말이 나왔을 때······!"

도수는 고개를 끄덕였다.

"맞아요. 그래서 기분이 묘했던 거예요.

"그럼 부모님에 대해 궁금했던 것도······?"

"닥터가 봐도 진짜 이상하죠?"

도수가 천천히 말을 이었다.

"왜 천하대병원 이사장의 막내딸이 남편과 자식을 데리고 이런 오지에서 의료봉사를 하던 건지. 왜 내 어머니가 그렇게 돌아가셔야 했는지. 그리고······."

그가 덧붙였다.

"할아버지란 분은 내 어머니의 행방과 내 존재를 아는지 모르는지."

김광석은 자신의 손에 들려 있는 오래된 주민등록등본을 떨어뜨렸다.

                    *   *   *

천하대학병원 회의실에는 열두 명의 각 과 과장들이 둘러앉아 있었다.

상석에는 병원장과 부원장이 자리를 채웠다.

가장 먼저 입을 연 건 병원장이었다.

"이도수 환자는 언제 도착합니까?"

"일주일 안에 도착할 겁니다. 이번에 아로대학병원 응급외상센터장으로 부임하는 김광석 교수가 직접 이송할 테고요."

외과과장 정창순이었다.

그러자 미간을 찌푸린 부원장이 말했다.

"그 꼴통이 말입니까? 환자 빼돌리는 거 아니에요?"

"그럴 사람은 아닙니다."

마취과 한주원 교수가 토를 달자 부원장이 눈매를 좁혔다.

"두 분 대학 동기시죠?"

"그게 무슨 상관입니까?"

"아니, 모교 사람이라고 말 나올 때마다 편을 드시니까……."

그때 원장이 나지막이 말했다.

"두 분 다 의미 없는 논쟁은 그쯤 하십시오. 환자가 원하지 않는 이상 트랜스퍼(Transfer: 다른 병원으로 환자를 인계하는 것)는 없습니다. 정부 쪽이랑 얘기 끝난 내용이에요. 그리고 의료비 지원 때문에라도 환자 쪽에서 트랜스퍼를 원할 리는 없습니다."

"……."

입을 닫는 부원장과 마취과 과장.

두 사람에게서 눈을 뗀 병원장이 과장들을 슥 훑으며 다시 입을 열었다.

"문제는 외국입니다. 국내야 우리 선에서 처리가 되지만 이도수란 아이가 수술하는 걸 본 많은 외과의들이 궁금증을 가지고 있어요. 그 아이가 지니고 있는 야생적인 수술법들이 현대 의학의 영역에서 풀지 못한 해답이 될 수 있다는 생각들을 합니다. 따라서 우리가 그 아이를 빼앗기지 않기 위해선 이 병원에 들어앉히는 수밖에 없어요. 그게 바로 이사장님이 원하는 겁니다."

"……!"

과장들이 눈을 치켜떴다.

"대단한 아이긴 하지만… 그런 주먹구구식 수술법을 보고 무슨 해답을 생각한단 말입니까? 지금 우리가 쓰는 방법들이 어디하루, 이틀 연구해서 나온 것들입니까? 오랜 시간과 사례로 증명한……."

"그런 건 중요치 않습니다."

병원장이 말을 잘랐다.

"지금 가져야 할 건 의문이 아니라, 그 아이를 우리 병원에서 품을 방법입니다."

내과 과장이 손을 들고 물었다.

"아무런 학력도 자격도 없는 아이입니다. 검증도 안 된 사람을 의사로 쓸 수도 없지 않습니까? 밖에서 닥치는 대로 수술하던 아이가 병원에서 청소나 할 리는 없고요."

"그 자격을 논하자는 겁니다."

그때였다.

부원장이 입을 뗐다.

"엄연히 말하면 한국인이기도 하지만 외국인 아닙니까?"

"외국인이요?"

병원장이 되묻자 부원장이 고개를 끄덕였다.

"라크리마에서 오래 살았으니까. 시민권을 받기 충분한 조건일 겁니다. 그럼 천하대 의대 외국인 편입 쪽으로 밀어붙여 보죠."

"편입이라."

턱을 괴며 생각에 잠겼던 병원장이 물었다.

"괜찮겠어요? 정규 교육과정을 전부 밟지 않고 의사가 돼서 환자라도 죽이면 문제가 커질 텐데. 우리 병원은 물론 학교 전체의 이미지에도 큰 타격을 받을 겁니다. 쉽게 논할 게 아니에요."

그러나 부원장의 생각은 달랐다.

"어차피 수술시킬 것도 아니고 우리 소속으로 품고 있기만 하면 되는 것 아니겠습니까. 애가 전쟁터에서 뭘 보고 자랐겠어요? 여기서 의사란 명함 달고, 병원 광고도 찍고 방송도 타고… 그렇게 호의호식하며 지내다 보면 푹 눌러앉게 될 겁니다."

제11장

가야 할 길

도수는 천하대병원 VIP 병동에서 눈을 떴다.

"……."

한국에 오는 동안 도수는 젖산 수치가 오르고 혈소판 수치가 감소하며 중증패혈증으로까지 발전됐다. 혈압이 떨어지고 심박 수가 올랐다. 호흡부전까지 왔다. 그 탓에 중간중간 의식을 잃어가며 천하대병원까지 온 것이다.

그의 곁에는 김광석이 아닌 간호사가 있었다.

한국인.

아니, 어머니와 같은 한국 여자.

실로 오랜만에 본 도수는 새로운 감회를 안고 그녀를 불렀다.

"저기."

"아!"

상태를 기록하던 간호사가 고개를 들며 눈을 동그랗게 떴다.

"여기가 어딘지 아시겠어요?"

가슴팍에는 '천하대학병원'이라는 병원 이름과 함께 '김소진'이라고 쓰인 명찰을 달고 있었다.

도수가 그녀의 얼굴을 보며 답했다.

"천하대학병원."

"맞아요!"

"당신은 간호사고."

"그것도요."

입을 가리고 웃은 간호사가 말을 이었다.

"주치의 선생님한테 말씀드릴게요. 조금만 기다리세요!"

도수는 고개를 끄덕였다.

그가 잠시 기다리자 주치의가 들어왔다.

"천하대병원 외과과장 정창순입니다."

"과장?"

높은 직책이다.

정창순의 미간이 찌푸려졌다. 도수가 존칭을 하지 않았기 때문이다.

"우리 병원 VIP니까요, 이도수 씨. 그럼 상태부터 보겠습니다."

'환자'가 아니라 '이도수 씨'라고 불렀다. 기분이 언짢은 것이다. 그가 청진기를 뺄는 순간.

도수가 옆에 달려 있던 차트를 휙 빼 들었다.

"……!"

정창순이 미처 반응할 새도 없이 차트지를 살핀 도수가 말했다.

"이 정도면 정상인 것 같은데요."

"그건 주치의인 제가 판단합니다."

도수는 고개를 끄덕였지만 다른 말을 했다.

"이사장님 병원에 계십니까?"

"이사장님이요?"

정창순이 흠칫했다. 도수의 입을 통해 들으리라고는 상상도 못 한 존재가 나온 것이다.

"이사장님은 왜 찾으십니까?"

"그분과 인연이 있어서요."

"우리 이사장님과……?"

청진기를 다시 목에 건 정창순이 다시 물었다.

"어떻게 아는 사이시죠?"

"……"

"말씀 안 하시면 저도 연락드릴 수가 없습니다."

"그분 손자입니다."

또박또박 한마디.

분명 한국말인데, 정창순은 알아들을 수 없었다.

"지금 뭐라고……?"

"손자라고요. 이 병원 이사장님."

"……!"

정창순의 표정이 여러 차례 변했다. 결국 묘한 얼굴을 한 그가 물었다.

"농담인가요?"

"아뇨, 전혀."

"……."

말을 잃고 있던 그가 차트를 살피며 말했다.

"몇 가지 검사를 더 받으셔야 할 것 같습니다. 오래 의식을 잃고 있어서 기억이나 인지능력에 혼동이 올 수 있습니다."

"며칠이 지나도 제 기억이나 인지능력은 똑같을 겁니다. 여기가 천하대학병원이라는 것도, 닥터가 외과장 정창순 씨란 것도 인지하고 기억하고요."

그렇게 말을 맺은 도수가 덧붙였다.

"이사장님께 연락해 주세요."

*　　　*　　　*

막상 이사장과의 만남을 앞둔 도수의 심경은 복잡했다. 하지만 이미 주사위를 던졌고, 시간은 기다려 주지 않았다.

정창순의 기별을 받은 이사장이 내려왔다. 뒤에 의사 가운을 입은 사람들 여럿을 줄줄이 달고서.

"날 보자고 했다던데."

강하면서도 부드러운 인상.

쉽게 대할 수 없으면서도 따뜻한 느낌을 주는 얼굴이었다.

도수는 눈을 떼지 않고 입을 열었다.

"맞습니다."

"내 손주라고 했다고… 하하하하."

웃음을 터뜨린 이사장이 물었다.

"왜 그런 터무니없는 거짓말을 한 거지?"

도수는 유심히 그를 바라봤다. 정말 모르는 건가? 아니면 모른 척하는 건가? 자기 체면 때문에? 그러나 왜인지, 도수는 그가 진짜 영문을 모르고 있다는 느낌을 받았다.

그래서 떠봤다.

"셋째 딸이 있으셨죠?"

그 순간.

이사장의 표정이 무섭게 굳어졌다.

과장들이 깜짝 놀라는 표정을 짓는 걸로 추측해 볼 때, 평소 잘 보이지 않는 표정인 듯하다.

이내 이사장이 물었다.

"…나에 대해 잘 아는가?"

쭉 반응을 살피던 도수는 그가 어머니에 대해 아무것도 모르고 있다는 것을 짐작할 수 있었다.

"주변을 물려주세요."

그 말에 이사장이 고개를 끄덕였다.

"나가 있게."

"이사장님, 하지만……."

"나가 있게."

"…예."

고개를 숙인 과장들이 병동을 나갔다.

단둘이 남자, 이사장이 다시 물었다.

"다시 묻지. 날 알아?"

도수는 고개를 저었다.

"잘 모릅니다."

"그런데 어떻게 내 막내딸에 대해 알고 있지?"

"이사장님 막내딸이……."

도수는 떠올리기만 해도 울컥울컥 심장이 들썩이는 대상을 말했다.

"제 어머니니까요."

이사장의 눈가가 꿈틀했다. 그는 곧바로 동요하지 않고 침착하게 말했다.

"증명해야 할 거야."

음성이 얼음장처럼 차가웠다.

딸의 행방을 모르고 있으면서도, 딸 소식을 묻는 게 아니라 사실 여부를 증명하길 바란다.

그만큼 이성적인 사람이란 의미였다.

고개를 끄덕인 도수는 가방을 손가락으로 가리켰다.

"저곳에 증거가 있습니다. 종이 한 장이요."

"……"

이사장은 가방을 뒤적여 호적을 찾아냈다.

"오래된 거군."

"라크리마에 가기 전이었으니까요."

"날조된 건 아니고?"

"아닙니다."

"어떻게 된 일인지 말해봐."

이사장은 흔들림을 보이지 않았지만 도수는 그의 눈빛에서 일렁이는 두려움을 볼 수 있었다. 전쟁터를 전전하며 수없이 보아왔던 감정이기에 알 수 있었다. 아무리 의연한 이라도 두려움은 감출 수 없다.

"돌아가셨습니다."

"……."

말이 없던 이사장이 입을 열었다.

"어떻게……."

목소리가 갈라져 나왔다.

"어떻게 된 일이냐."

도수는 가슴속이 꿀렁거렸다. 기분이 이상했다. 이유도 모른 채 울음이 터질 것 같았다. 해서 입술을 지그시 깨물며 어렵사리 말을 뱉었다.

"어느 날 집에 폭탄이 떨어졌습니다. 그 폭격으로… 어머니, 아버지. 두 분 모두 돌아가셨고요."

이사장은 눈을 질끈 감았다.

"그래."

고개를 끝없이 주억거리던 그.

그가 눈을 뜨며 말을 이었다.

"머릿속이 정리가 안 됐다. 시간이 필요해."

"그러시죠."

벌떡.

자리에서 일어선 이사장은 병동을 나가려다 문고리를 잡고 물었다.

"내게 원하는 게 있느냐?"

"제가 이사장님을 만나려고 한 이유는 하나예요."

"……?"

"이사장님이 어머니 소식을 궁금해하실지… 그게 궁금했습니다. 그런데……."

도수는 처음 이사장의 눈동자에서 봤던 두려움을 떠올렸다. 그리고 이젠 가족을 잃은 슬픔을 읽고 있었다. 창백한 안색, 잘게 떨리는 동공. 이 역시 라크리마에서 수없이 봐왔던 모습이다.

"많이 궁금하셨겠네요."

이사장은 거기에 대해선 가타부타 대답하지 않고, 문고리를 비틀며 말했다.

"내가 다시 왔을 땐 우리가 나눌 말이 많을 것 같구나."

하지만 단 한 번도 본 적 없고, 그리워한 적도 없는 할아버지란 존재는 도수에게 어떤 감흥도 주지 못했다.

"저는 제 뿌리를 찾고 싶었을 뿐이에요. 부모님이 남긴 뭔가가 있다면 그것만 회수해서 떠날 생각입니다."

뜻밖의 말에 이사장이 고개를 돌렸다.

"떠난다고?"

"네."

"무슨 뜻이지?"

도수는 병실 안을 한차례 둘러봤다. 이 병실을 포함해 자신을 둘러싼 모든 것들이 화려하다. 지금 겪고 있는 유명세, VIP 병동까지 내어주는 병원의 관심, 할아버지가 가진 지위까지… 당장 그가 하고 싶은 일과는 접점이 없었다. 그가 원하는 건 오로지 사람을 치료하고 생명을 구하는 데서 오는 희열. 뭐 하나 자신과 거리가 멀다고 생각되는 풍경 속에서, 이사장을 똑바로 직시한 도수가 대답했다.

"직접 소식은 전했으니⋯ 귀찮은 일에 엮이고 싶지 않다는 뜻입니다."

*　　　*　　　*

이사장실로 돌아간 심태평 이사장은 책상 앞에 앉아 중얼거렸다.

"귀찮은 일이라고?"

모르긴 몰라도 도수가 말한 '귀찮은 일'은 대부분 이들이 꿈꾸는 일이다. 그런데 버젓이 자신을 찾아와 놓고도 '천하대병원 이사장 손주'라는 타이틀이나 재산을 탐하지 않는다. 그 말인즉 도수는 뭔가를 노리고 온 게 아니라는 뜻이다. 도수가 했던 말이 모두 진실일 확률이 크다는 의미였다.

"정은아!"

나지막이 외친 그는 얼굴을 감싸 쥐었다. 그 아래로 하염없이 눈물이 흘렀다.

"⋯⋯."

흐느끼는 그.

그 순간, 인터폰이 켜졌다.

─병원장님 오셨습니다.

잠시 말이 없던 이사장이 눈물을 닦고 대답했다.

"들어오시라고 해요."

이내 문이 열리며 병원장이 들어섰다.

"찾으셨습니까."

"제 지시 사항은 잘 이행되고 있는 겁니까?"

"예, 그런데 그건 왜……."

"정작 이도수란 아이는 다른 얘길 하던데요."

"예? 무슨……."

"떠나겠답니다."

"……."

꿀 먹은 벙어리처럼 서 있던 병원장이 물었다.

"이사장님. 이런 질문을 드려도 될지 모르겠습니다만… 그 아이가 이사장님의 혈육이라고 주장한다고 들었습니다."

"맞습니다."

"사실입니까?"

"그건 아직 모릅니다."

이사장은 그렇게 둘러댔다. 이미 모든 게 확실해졌지만 공개할지 말지는 좀 더 논의하고 생각해 봐야 할 문제인 것이다.

안도의 한숨을 내쉰 병원장이 입을 열었다.

"다들 말이 많아서요. 그렇게 전달하고 쓸데없는 구설수가 퍼지지 않도록 하겠습니다. 그리고 이도수, 그 아이를 병원 소속으로 만드는 것도 차질 없이 진행하겠습니다."

"그래요. 우리 병원의 미래를 위해서라도 그 아이는 반드시 우리가 품어야 합니다. 그 아이는 우리 병원이 국내를 넘어 세계로 도약할 수 있게 만들어줄 키맨이에요."

개인적으로는 그동안 못 해왔던 아비 노릇, 할아비 노릇을 할 기회기도 했다.

그러나 그날 이후.

분위기는 이사장을 비롯한 천하대병원 사람들의 생각과는 전혀 다르게 흘러갔다.

이사장이 업무차 자리를 비운 사이 도수가 사라져 버린 것이다.

"이게 어떻게 된 일입니까!"

병원장은 성화를 부렸다.

"어떻게 그걸 모를 수가 있어요? 그냥 환자도 아니고 VIP 병동에서 환자가 사라졌는데… 우리 병원 시스템이 이렇게 허술했습니까?"

부원장은 물론 원무과부터 모든 진료과 과장들은 눈을 질끈 감았다.

"죄송합니다."

부원장이 대신 고개를 숙였지만 병원장의 화는 풀리지 않았다.

"대통령님부터 의원님들, 각 언론사 기자들까지. 방문 일정이 잡혀 있던 분들께 뭐라고 할까요? 우리 이사장님한테는요! 우리 병원 명성을 높이려고 벌인 일이 우리 병원 얼굴에 똥칠을 하게 생겼습니다!"

"……."

반론의 여지도, 변명의 여지도 없었다.

누구 하나 대답하지 못하자 병원장이 쌍심지를 켜며 말했다.

"어떻게든 찾으세요. 그게 급선무입니다."

"언론에는 어떻게 공표하면 좋겠습니까?"

"일단 우리한테 유리한 사실만 공표하는 쪽으로 생각합시다.

환자의 상태가 호전됐다. 치료보단 안정이 필요해서 퇴원 조치를 했다. 이렇게 이사장님께 재가를 받겠습니다. 그렇다 해도 이도수의 소재는 파악하고 있어야 해요. 아시겠습니까?"

부원장이 고개를 푹 숙였다.

"꼭 찾도록 하겠습니다."

                    *   *   *

그 시각.

병원 옷에 외투만 걸친 도수는 경기도 수원의 '아로대학병원' 정문 앞에 와 있었다. 귀국 당시 김광석이 미처 외투 주머니를 비우지 않고 빌려주었기에 꼬깃꼬깃한 지폐 몇 장으로 이곳까지 올 수 있었다.

"아로대학병원."

도수는 가만히 서서 중얼거렸다.

라크리마에서 들었던 김광석의 새로운 부임지다.

그리고 아버지 이찬이 어머니를 만나기 전 근무했던 병원이다.

한국에서의 모든 실마리가 이곳을 향하고 있는 것이다.

"후."

크게 숨을 내쉰 도수가 막 걸음을 떼는 순간.

시끄러운 사이렌을 울리며 구급차 한 대가 들어왔다.

"아오, 씨발! 빨리빨리!"

후다닥 내린 구조대원들이 초록색 십자가가 프린팅된 박스 문을 열고 환자가 누워 있는 스트레처 카(Stretcher Car: 환자 운반에 필요한 이동식 침대)를 꺼냈다.

"가!"

차르르르르륵!

구급대원들이 응급실로 스트레처 카를 밀고 들어갔다.

그 모습을 보던 도수의 눈빛도 돌변했다.

'천식 발작?'

스트레처 카가 드드드드 떨릴 정도로 발작이 심했다.

너무 짧은 순간이라 미처 투시력을 쓰진 못했지만 난민 중 제대로 된 치료를 받지 못해 천식이 심해진 환자를 수도 없이 봐왔던 그.

한눈에 환자 상태를 짐작할 수 있었다.

전쟁터에서의 습관 때문일까?

환경이 바뀌었는데도, 도수는 스트레처 카에 이끌리듯 응급실로 따라 들어갔다.

"……!"

그는 발을 딱 멈췄다.

응급실 안은 환자들로 넘쳐났다.

천하대병원에서 몰래 탈출할 때도 응급실을 통해 나왔지만, 이 정도는 아니었다.

몇 블록마다 큰 병원을 볼 수 있을 만큼 병원이 밀집된 서울의 대학병원과 달리 수원에 위치한 유일한 대학병원인 아로대학병원 응급실은 눈코 뜰 새 없이 분주했다.

마치 전쟁터의 모습을 이곳에 옮겨놓은 듯한 광경에 도수는 충격을 받았다.

방금 들어온 환자 곁에 붙어 선 젊은 의사가 물었다.

"어떤 환자예요?"

"35세 남자고요, 천식 발작 환자입니다! 발견 당시까진 의식이 있었는데 이송 중 의식 수준 점점 낮아졌고요……! 현재는 혈압 이백에 구십이고 맥박 분당 백이십 회가 넘어요. 호흡은 삼십 회, 체온 37.5도고 의식 잃은 상태입니다!"

혈압이 엄청나게 올랐고 체온도 살짝 오른 정도.

젊은 의사는 환자에게 고개를 돌렸다.

"환자분 눈 떠보세요! 환자분!"

귀에 대고 크게 소리를 질렀지만 반응이 없다.

허벅지 살을 있는 힘껏 꼬집어서 비틀어도 마찬가지다.

동공반사는 아직 살아 있지만 느렸다.

"일단 여기 눕혀요! 하나, 둘!"

간호사들과 환자를 들어서 침대로 옮긴 젊은 의사가 고개를 쳐들며 말했다.

"벤토린(Ventolin: 기관확장제) 빨리, 그리고 메틸프레드니솔론(Methylprednisolone: 정맥주사용 스테로이드 약물) 주세요."

약물을 투여하고 시간이 지나도 환자 상태는 변함이 없었다.

여전히 발작하고 있고 호흡이 원활하지 못했다.

약물이 듣지 않는다는 의미.

"에피네프린!"

간호사가 건넨 주사기를 받은 젊은 의사는 환자의 허벅지에 찔러 넣었다.

"제발……!"

그러나 이번에도 별다른 차도가 없었다.

젊은 의사는 이제 자신 혼자의 힘으로 해결할 수 없을지도 모른다는 불안감에 휩싸였다.

"김지훈 선생님 호출해 주세요. 기도 삽관 준비해 주시고요."

김지훈은 레지던트.

인턴인 그보단 훨씬 나을 것이다.

그사이 간호사가 후두경이랑 기관 내 튜브, 앰부백을 준비했다.

이제 삽관만 남은 상황.

환자의 체형을 확인한 인턴의 볼을 타고 식은땀이 흘렀다.

'이게 뭐야?'

한눈에 봐도 비만인 환자.

턱이 좁고 혀가 크고 목이 짧고 굵다.

기도 삽관을 하기에 최악의 체형인 것이다.

'안 보여.'

어두운 입안.

두꺼운 혀와 후두덮개가 시야를 가로막고 있다.

엎친 데 덮친 격으로 턱이 좁으니 입안의 공간도 좁아서 후두경을 움직이기도 힘들었다.

이렇게 후두가 잘 안 보이면 시간을 잡아먹게 마련. 그 시간 동안 환자는 점점 죽음을 향해 걸어 들어가고 있을 터였다.

"선생님! 환자가 숨을 못 쉬어요!"

환자 입에서 쇳소리가 난다.

"잠시만……!"

인턴은 피가 말랐다. 그렇게 1분여가 흐르고.

"찾았어요!"

그의 얼굴이 활짝 폈다.

마침내 후두를 찾은 것이다.

하지만 산을 하나 넘었을 뿐.

튜브가 후두에 잘 들어가지 않았다.

마음은 급하고 환자의 몸은 튜브를 받아들이지 않는 그때, 힘을 들여서 간신히 고정하고 있던 후두경이 흔들리고 말았다.

"아……!"

후두경이 흔들렸으니.

이제 겨우겨우 찾아낸 후두를 처음부터 다시 찾아야 한다.

"젠장……."

이러다간 한없이 지체될 수 있었다.

환자는 죽음의 강을 마저 건널 테고.

"선생님."

간호사가 환자를 번갈아 보며 애타게 불렀다.

"선생님?"

"……."

튜브와 후두경을 손에서 내려놓은 인턴이 물었다.

"김지훈 선생님은요? 아직이에요?"

"네, 환자 보고 계신지 아직……!"

"미치겠네……!"

인턴은 어쩔 줄 몰랐다.

기도 삽관이 힘든 경우 메스로 목을 째고 기관절제술을 시행해야 하는데 인턴에 불과한 그에게는 경험도, 판단력도 부족했던 것이다.

'선배님이 오실 때까지 환자가 버틸 수 있을까?'

환자의 상태는 위태로웠다.

아니나 다를까.

간호사가 외쳤다.

"선생님! 혈압 떨어져요!"

"⋯⋯!"

삐빅! 삐빅!

인턴의 동공이 격하게 흔들리는 순간.

누군가의 손이 불쑥 끼어들었다. 기관 내 튜브와 후두경을 들고 있는 그.

그는 바로 도수였다.

"자."

"⋯⋯?"

인턴이 당황하자.

도수가 대뜸 물었다.

"나 몰라요?"

"내가 널 어떻게 알⋯⋯."

말을 하던 인턴이 눈을 부릅떴다.

이곳에서 볼 줄은 꿈에도 몰랐기에 한눈에 알아보지 못했다.

얼마 전 센터장님이 한국으로 이송해 왔던 소년.

라크리마, 그 내전 지역에서 미국인들과 난민들, 군인들까지
닥치는 대로 수술하고 살려냈다는 소년 영웅이 떠오른 것이다.

"너, 넌… 이도수?"

"맞고. 이거나 빨리 받아요."

도수가 환자를 향해 고갯짓을 했다.

"쿨럭, 쿨럭!"

당장에라도 숨이 넘어갈 것 같은 환자.

간호사가 외쳤다.

"선생님!"

다른 걸 신경 쓸 겨를이 없었다.

발등에 불이 붙은 인턴은 얼른 후두경과 삽관 튜브를 받아 들
었다. 그런데, 튜브 굵기가 달랐다. 인턴이 그 전까지 성인 남성
표준 7.5mm 튜브로 기도 삽관을 시도했다면 도수는 대개 여성들
에게 쓰이는 7.0mm 튜브를 건넨 것이다. 그가 튜브를 빤히 바라
보고 있는 그때.

도수가 한마디 툭 던졌다.

"삽관 시작."

인턴에게 눈을 뗀 그가 환자를 보았다.

샤아아아아아.

투시력이 발휘됐다.

환자의 구강 구조부터 기도까지 반투명하게 드러났다.

이젠 훤히 보인다.

"삽관!"

도수의 외침에 인턴이 손을 덜덜 떨며 후두경과 삽관 튜브를

다시 환자 입으로 가져갔다.

"긴장 풀어요. 제 말만 들으면 성공할 테니까."

도수는 확신했다.

이미 라크리마에서 김광석이 기도 삽관 하는 것을 보고 원리
는 파악한 상태.

인턴이 삽관을 실패하는 걸 보고 그 원리가 맞다는 걸 확인
했다.

더 이상 검증은 필요 없다.

스윽.

인턴이 환자 입에 튜브를 찔러 넣었다. 나머지 한 손으론 후두
경을 들고 안쪽을 비추고 있었는데, 이번에도 위치를 제대로 잡
지 못한다.

그때 도수가 지시했다.

"거울을 좀 안쪽으로."

인턴이 손을 움직였다.

"딱 그만큼 더 안쪽."

슥.

인턴의 눈이 부릅떠졌다.

좁은 시야로 환자의 기도가 확보된 것이다.

"어떻게 제대로 보지도 않고……!"

"그런 건 나중에 따지고. 그대로 삽관해요."

"그, 그래."

고개를 끄덕인 인턴은 철사가 들어 있는 튜브를 일직선으로 깊
게 찔렀다. 그러자 튜브가 거칠 것 없이 입과 기도를 통과했다.

"······!"

삽관 완료.

이제 철심만 빼내면 기도 삽관은 성공인 셈이다.

'이렇게 간단하게······.'

급하게 실려 온 천식 발작 환자.

분명 환자의 체형은 기도 삽관에 가장 어려운 형태를 가지고 있었다.

베테랑 의사가 와도 애를 먹을 만큼.

한데 도수는 곁에서 보는 것만으로 정확히 위치를 잡고 삽관을 성공시켰다.

심지어 본인 손으로 움직인 게 아님에도.

'어떻게 이럴 수 있는 거지?'

심각한 상태의 환자를 기적적으로 살려냈다는 이야긴 들었지만 지금 도수가 한 일은 수술 실력만 뛰어나다고 할 수 있는 게 아니었다.

인턴은 천천히 철심을 빼내고 고개를 들었다. 그의 눈빛과 표정이 복잡했다.

또다시 질문 공세가 이어지려던 찰나.

도수를 구원해 준 건 반가운 목소리였다.

"이도수!"

도수가 고개를 홱 돌렸다.

수술복 위로 구조복을 걸친 김광석이 응급실을 지나오고 있었다. 흔히 상상해 오던 의사 가운을 입은 점잖은 의사와는 다른 이미지다.

"몰골이 왜……."

전쟁터와 변한 게 없느냐는 말을 하려 했으나 말을 끊으며 먼저 치고 들어온 건 김광석이었다.

"너, 또 무슨 짓을 저지른 거냐?"

그는 삽관이 끝난 환자와 핏기 없는 얼굴로 고개를 꾸벅 숙이는 인턴을 번갈아 보더니 인턴에게 물었다.

"설마……."

"아, 아닙니다! 삽관은 제가 했습니다."

인턴이 해명하자 김광석이 가슴을 쓸어내렸다.

그에 도수가 피식 웃었다.

"저도 여기가 전쟁터가 아니란 것 정도는 알거든요."

이 나라 의료법도 모르는 판국에 무작정 달려들 만큼 멍청이는 아니었다. 물론 자신이 나서지 않으면 환자 목숨이 끝난다, 이런 상황이었더라면 어쨌을지 모르겠지만.

주위를 휘휘 둘러본 도수가 말했다.

"…인력이 꽤 부족해 보이네요. 천하대병원은 응급실에 의사들이 넘쳐나던데."

"뭐, 항상 그렇지. 그나저나 여긴 어쩐 일이냐? 천하대병원에 있어야 할 녀석이."

"아직 소식 못 받으셨나 보네요."

"무슨 소식?"

"그쪽에서 저를 찾을 텐데. 닥터한테도 연락을 해봤을 거고."

"내가 좀 바빠서……."

말을 하던 김광석이 눈살을 찌푸렸다.

"설마 퇴원한 게 아니라 도망치기라도 한 거야?"

"탈출은 제 전문이죠."

도수가 대수롭지 않게 말했다.

하긴, 라크리마에선 산전수전 다 겪은 할리 무어 장군도 그를 오래 잡아두지 못했다. 심지어 반군한테 끌려갔을 때 그 흉악한 놈들도 그를 놓치고 말았다는데, 순진무구한 대학병원 의사들이 그를 잡아둘 수 있을 리 만무했다.

대충 돌아가는 상황을 파악한 김광석은 고개를 절레절레 저었다.

"내가 너 때문에 못 살겠다. 날 따라와라. 그리고 임 선생. 자넨 어떻게 된 일인지 자세하게 경위서 써서 나한테 제출하고."

"네에, 교수님……!"

인턴, 임재영은 꼼짝도 못 했다.

그 모습에서 국내 병원 체계에서 김광석이 얼마나 높은 지위를 가지고 있는지 도수는 실감할 수 있었다.

김광석이 성큼 앞서 걷고, 도수가 그 뒤를 쫓아갔다.

두 사람이 향한 곳은 김광석의 연구실이었다.

김광석은 주스를 따라주며 물었다.

"못 말리겠군. 그래, 여긴 무슨 일이냐?"

도수는 연구실을 휘휘 둘러보며 대답했다.

"세간의 관심을 피해서 먹고 잘 곳이 없어서요."

"뭐?"

예기치 못한 대답에 김광석이 황당한 표정을 지었다.

"천하대병원 이사장 손자가 먹고 잘 곳이 없다고?"

"세간의 관심을 피하고 싶다. 이게 포인트인데요."

"관심을 피하고 싶다……."

"네. 행동에 제약이 생기는 게 싫어요. 불필요한 일로 시간을 쓰고 싶지도 않고."

그는 부연 설명이 필요하다고 생각했는지 말을 이었다.

"천하대병원에 있을 때, 이사장님 가족이란 걸 모를 때도 과장들이 뻔질나게 드나들더라고요. 라크리마에서의 일 때문에 외부인들과 방문 약속도 멋대로 잡아버리고. 제가 가장 싫어하는 게 그렇게 이용되는 겁니다."

라크리마에서 전쟁터를 전전하며 사람을 살렸던 아이다. 한국의 복잡한 정치적 이해관계에 적응할 수 있을 리 만무했다. 아니, 적응할 성격도 아닌 듯하지만.

"…꽤 답답했겠구나. 그래도 버젓이 가족이 있는데 이렇게 도망쳐 버리는 건 이사장님께 못 할 짓 아니냐?"

"가끔 찾아뵙죠, 뭐. 그보다 아로대학병원에서 찾고 싶은 게 있어요."

"먹고 잘 곳은 핑계고 진짜는 이쪽이군."

"둘 다예요."

그렇게 말한 도수가 물었다.

"이찬. 20년 전 아로대학병원에서 근무했었어요. 결혼하자마자 곧바로 병원을 그만두고 해외의료봉사를 떠났습니다."

10년 전이면, 김광석은 영국에서 근무하던 시절. 이찬을 알 리 없는 것이다.

"이찬이 네 아버지냐?"

김광석의 추측은 정확했다.

"맞아요, 제 아버지."

뿌리를 찾고 싶은 건 누구나 같은 마음일 터.

김광석은 그 자신도 한 아이의 부모로서 도수의 부탁을 거절할 수 없었다.

"수소문하면 알아볼 수는 있다."

"그분이 왜 한국을 떠나 가난한 나라들을 전전했는지. 이곳에 뭘 두고 갔는지 그게 궁금해요."

"여기 두고 떠난 뭔가가 있다? 그건 확실한 거냐?"

"네. 어렸을 때 부모님이 하는 얘길 들었거든요."

"……"

김광석은 도수를 빤히 응시했다.

알면 알수록 알 수 없는 아이였다.

"후, 그래. 그 당시 이 병원에 근무하셨던 병원장님께 한번 물어보마. 그건 그렇고……."

"네."

"이제 어쩔 생각이냐? 넌 의사가 아니야. 오늘 같은 일이 반복되면 곤란하다. 네가 환자를 보면 지나칠 수 없는 성격이니 의사 자격부터 얻는 게 좋을 거야."

"……"

도수가 말이 없자 김광석이 덧붙였다.

"어느 나라든 의사가 되려면 엄청난 시간 동안 공부를 해야 한다. 필수적으로 밟아야 할 코스가 있고, 아무리 빨리 코스를 밟는다 해도 필연적으로 수년이 들게 마련이다."

"수술을 할 수 있어도요?"

김광석이 고개를 끄덕였다.

"의사가 하는 일이 수술만은 아니니까. 네 경험이나 수술 실력은 인정한다. 나뿐만 아니라 그 누구라도 인정할 수밖에 없을 거야. 그렇다 해도 그 외적인 부분에서 아직 배울 것들이 넘쳐난다."

도수는 총명한 두 눈을 반짝였다. 아무리 몸으로 부딪쳐 가며 살아온 그라도 판단력만은 분명했다.

무작정 돌파할 수 있는 일이 있고, 반드시 과정을 밟아야 할 일이 있다.

그리고 의사로서 인정받으려면 과정이 중요했다.

그때, 김광석이 입을 열었다.

"다만 과정을 단축하는 방법은 있다."

"그게 뭐죠?"

"천하대병원에선 널 외국인 전형으로 편입시켜 줄 의향이 있는 것 같더구나. 물론 널 단순히 홍보 목적으로 이용하기 위해 병원 소속으로 만들려는 의도일 수도 있겠지만."

"그쪽이 저를 이용하듯 저도 그쪽을 이용하면 되겠군요."

김광석이 고개를 주억거렸다.

"그래도 국내 최고의 병원이고 세계적으로도 인정받는 곳이니 그곳에서 근무하는 것도 나쁘지 않아. 게다가 네가 이사장 손자이니 아무도 텃세 같은 걸 부리지 못할 테고."

"편하긴 하겠네요. 하지만……."

도수는 뭔가 마음에 들지 않는지 고민에 빠졌다. 그러고는 잠시 후, 생각을 떨쳐내며 입가에 미소를 물었다.

"저한테 더 좋은 생각이 있어요."

제12장
도수의 전략

"좋은 생각?"

그 순간.

창문을 통해 헬기 프로펠러 소리가 들려왔다. 아주 미세한 소음이었지만 김광석은 바로 알아차렸다.

"잠깐… 헬기 들어와서 나중에 얘기하지."

그는 벌떡 일어나더니 연구실을 뛰쳐나갔다.

뒤에 남겨진 도수는 방금까지 있다가 온 아로대학병원 응급실을 떠올렸다.

이미 남는 침대가 없을 정도로 응급실은 만석이었다. 그것도 대부분이 24시간 모니터링을 해야 하는 중환자들이었다.

'그런데 또 환자가……'

개중에 멀쩡한 환자를 병동으로 올리고 더 위급한 환자를 중

환자실에서 케어해야 할 터였다.

아니면 1차 수술을 해서 환자를 어느 정도 안정시켜 놓고 다른 병원으로 트랜스퍼를 보내든지.

라크리마에서도 주둔지나 병원에서 그런 시스템으로 넘쳐나는 환자를 케어했다.

'전쟁터만 의사가 필요한 곳이 아니었어.'

눈을 지그시 감았다 뜬 도수는 연구실 책상 위에 있는 전화기 수화기를 들었다. 그러고는 번호를 눌렀다. 그가 누르는 번호가 닿는 곳.

그곳은 바로 뉴욕이었다.

*   *   *

삐리리리. 삐리리리.

매디 보웬의 핸드폰에서 일정 간격을 두고 벨이 울렸다.

근무하는 회사 앞 커피숍에서 편집장과 커피를 마시고 있던 그녀는 양해를 구했다.

"잠시만요."

"그래, 그래. 얼마든지."

편집장은 흡족한 표정으로 말했다.

매디 보웬이 라크리마에서 올린 공적은 회사 창립 이래 가장 큰 관심을 받은 빅뉴스 중 하나였으니까. 세상은 '이도수'란 소년의 존재만으로도 열광했다.

이내 매디 보웬이 전화를 받았다.

"매디 보웬입니다."

—매디. 저 이도수예요.

"아! 도수… 한국에는 잘 들어갔어?"

그녀 앞에 앉아 있는 편집장의 눈이 화등잔만 하게 커졌다.

그사이 수화기 너머에서 도수의 목소리가 들려왔다.

—덕분에요. 그보다 인터뷰 말인데요……

일순 매디 보웬의 표정이 초조해졌다. 그녀는 헤어지기 전, 도수에게 인터뷰 약속을 받아놨던 것이다.

"약속은 꼭 지켜야 돼! 알지?"

—물론이죠. 그 전에, 제가 먼저 부탁할 게 생겨서요.

다행히 인터뷰 거절은 아니다.

그런데 부탁이라니?

"어떤 부탁?"

—네, 다른 사람부터 인터뷰합시다.

"누구를?"

—세계의료협회장, 외과 쪽 권위자들이요.

"그들은 왜?"

—제가 라크리마를 떠나오기 전, 그분들께서 제안을 하나 했었거든요.

"무슨 제안을……?"

—제가 미국의 의료 학계 연구에 협조한다면 특별 법안 하나를 추진해 준다고요. 의료협회 측과 제 수술법을 주의 깊게 본 외과의들이 합심해서 말이죠.

표정이 달라진 매디 보웬이 품에서 펜과 수첩을 꺼냈다. 그러고는 편집장에게 손짓하며 물었다.

"특별법이면… 어떤 법안을 추진해 준다고 했어?"

─그들이 건의할 내용은 이래요. 제가 전례 없는 대상이기 때문에, 협회 측에서 준비하는 시험을 통과할 경우 미국에서 의료 활동을 할 수 있는 의사 자격을 부여해 달라.

"그게 정말이야?"

─네.

"하긴. 여론이 좋으니까 의원들도 호의적일 거고… 이미 실력도 증명됐고. 어느 정도 반대도 있겠지만 꽤 가능성이 높을 것 같네. 그래서 뭐라고 했는데?"

─일단 생각해 보겠다고 했죠, 뭐. 지금도 마찬가지지만 당장 결정을 내리기엔 사안이 중대하니까요. 만약 그런 수혜를 받으면 평생 미국에 헌신해야 할 텐데.

"이해해. 그랬으니 의료협회 측에서도 공론화시키지 않은 걸 테고."

─맞아요.

"그런데 이제 와서 인터뷰를 해서 공론화시켜 달라? 그걸 나한테 부탁하는 걸 보면 아직 결정을 내린 건 아닌 것 같고. 그들이 나중에 말을 바꾸지 못하도록 하는 게 공론화하려는 이유?"

척하면 척.

역시 똑똑한 여자다.

사실 다른 이유가 있었지만 도수는 굳이 부정하지 않았다.

─비슷해요. 해줄 수 있어요?

매디 보웬은 혀로 입술을 축였다.

이건 또 하나의 특종이다.

지금 도수는 미국 국민을 구한 영웅이 되었으니 의료 업계도 굳이 이 사실을 숨기지 않을 터.

그녀에게는 오히려 먹음직스러운 먹이인 셈이다.

"도수가 부탁할 게 아니라 내가 고마워해야 될 일 같은데."

─그럼 부탁할게요.

수화기 반대편 도수의 얼굴이 눈에 그려졌다. 항상 당차고 일희일비하지 않는 표정이. 피식 웃은 매디 보웬은 흔쾌하게 대답했다.

"오케이. 나만 믿어!"

뚝.

전화를 끊은 도수는 고개를 돌렸다.

그곳에는 밖에 나갔던 김광석이 돌아와 있었다.

눈이 마주치자, 어색하게 웃은 김광석이 안 해도 될 변명을 둘러댔다.

"엿들으려고 한 건 아니다."

"상관없어요. 어차피 닥터한테도 말씀드릴 내용이니까."

그렇게 대답한 도수가 물었다.

"환자는요?"

"검사를 해봤는데 다행히 상태가 호전될 기미가 보여. 간단한 응급조치만 하고, 지켜보라고 얘기해 놨다."

김광석은 왜 자신이 같은 의사나 상사도 아닌 도수에게 구체적으로 설명하는지 미묘한 기분이 들었다.

'라크리마에서 봤던 것들 때문인가…….'

그가 복잡한 얼굴로 서 있었지만 정작 도수는 조금도 개의치 않고 보고받듯이 고개를 끄덕였다.

"다행이네요. 아까 하던 얘기, 마저 해도 될까요?"

"아! 그래, 그러자꾸나."

김광석이 다시 앉자 도수가 재차 입을 열었다.

"어디서부터 들으셨는진 모르겠지만 매디 보웬 기자한테 전화를 했어요."

"그래. 네가 매디 보웬 기자로 하여금 '미국 의료 업계 관계자들을 인터뷰해서 그들이 너를 위해 법안을 만들 의지가 있음을 공론화시키려고 한다'까지 들었다."

"네, 그게 전부예요. 제가 가장 빨리 한국에서 의사 자격을 취득할 수 있는 방법."

"뭐?"

이게 그렇게 이어지나?

그때 도수가 말했다.

"미국 의료 학계가 저를 잡으려고 법안까지 만들려고 해요. 이 소식이 알려지면 한국 의료 학계는 가만히 있을까요?"

"각 국가별로 자격증이 있다. 자격에 관해선 서로 연관 지을 수도, 관여할 수도 없어."

"그건 알고 있어요."

"그런데?"

"전 일단 한국 국민이에요. 더구나 세계 여론의 관심과 애정을 받고 있는 유명 인사죠. 심지어 천하대병원에 입원해 있을 땐 대통령까지 관심을 보였을 정도로. 그런데 한국의료학계와 연관이 없는 미국의료학계에서 특별 법안을 만들 만큼 저를 탐낸다? 과연 한국에서 가만히 있겠어요?"

도수가 다시 한번 풀어서 설명하자 김광석은 '아!' 하고 탄성을 터뜨렸다.

"그렇구나! 처음부터 여론의 감정을 이용해서 체제를 흔들려는 거였어. 그런데 미국에서 주겠다는 걸, 왜 한국에서 받으려고 하는 거냐?"

"전 평생 어느 한곳에 국한돼서 활동할 생각이 없으니까요."

도수가 천천히 말을 이었다.

"그리고 아직 제 뿌리가 있는 이곳에서 할 일이 남았기도 하고요. 지금이 아니면 언제 또 미국과 한국에서 쉽게 자격증을 받을 수 있겠어요?"

"하긴, 공론화된 이상 미국 학계에서 번복을 할 수도 없을 테고. 그야말로 일석이조구나. 운전면허 시험이 어려워지기 전에 따려는… 뭐 그런 건가."

도수는 김광석의 비유를 정확히 알아듣지 못했지만, 제 할 말을 계속했다.

"물론 국시는 봐야겠지만 이대로만 되면 훨씬 더 빨리 자격을 취득할 수 있지 않겠어요?"

"그럴싸한 이야기다. 실제로 우리나라 삼, 사십 년대에는 국시만 보면 의사가 될 수 있었던 적도 있었다고 하더구나. 세계 의학계가 네 수술법을 인정하고 관심을 가지고 있으니 어쩌면 가능할지도 모르겠어. 이런 사례는 역사상 단 한 번도 없었을 테니."

점점 빠져든다.

도수란 소년에게.

대담한 성격 이면에 이런 치밀함이 있었으니 지옥 같은 라크리마에서 살아남을 동력이 됐을 터.

곁에서 지켜보는 그의 삶이 한 편의 영화를 보는 것 같았다.

이런저런 생각에 잠겨 있던 김광석이 말했다.

"네 계획은 훌륭하다. 하지만 국내 의학계가 보수적으로 대처할 경우도 생각해야 돼."

"아뇨, 그건 생각할 필요 없어요."

"음?"

김광석이 선뜻 알아듣지 못하자.

도수는 중심을 잡고 그의 두 눈을 곧게 쳐다봤다.

"전 저를 필요로 하는 곳에 가면 돼요. 아직 한국이나 미국이나 동일 선상에 있고요. 만약 한국에서 의사 자격증을 내주지 못한다면 그땐 결정이 좀 쉬워지겠죠."

제13장

천재 I

"후… 난 도무지 널 종잡을 수가 없구나."

"그런가요?"

도수 역시 스스로 특별한 능력을 인지하고 있었다. 하지만 특이한 성격은 인지하지 못하는 듯했다.

김광석이 고개를 끄덕였다.

"많이."

마주 주억거린 도수가 말했다.

"어쨌든 제 계획은 모두 설명했어요. 닥터가 제 아버지에 대해 알아봐 주셨으면 해요. 그리고 또 하나. 제 거처가 정해질 때까지 조용히 먹고 잘 곳을 제공해 주셨으면 합니다."

너무 당당한 태도에 김광석이 피식 웃었다.

"부탁치곤 너무 뻔뻔한 거 아니냐?"

"제 부탁을 들어주신다면 은혜는 잊지 않고 꼭 갚겠습니다."

도수의 눈동자.

그 속에 소용돌이치는 결연한 의지가 김광석의 가슴 한쪽을 돌덩이처럼 눌렀다. 어차피 한국에 와서 뭐든 지원을 해주겠다고 약속을 했던 상황. 그냥 농담으로 던진 말인데 도수는 목숨 걸고 갚을 기세다.

"그 정돈 그냥 받아도 된다. 우리가 예사 인연도 아닌데 뭐 어려운 일이라고."

"원수는 잊어도 은혜는 잊으면 안 되죠."

결연한 의지.

라크리마에서 살아남기 위해 갖게 된 신념일 것이다.

김광석은 고개를 끄덕였다.

"그래, 그렇다면 은혜는 꼭 갚고. 오늘은 좀 기다려라. 예정에 없던 퇴근을 하려면 저녁까지 여기 일을 좀 정리해 둬야 하니까."

"네."

퇴근이 예정에 없다는 이야길 듣고도 도수는 이상한 점을 느끼지 못했다. 라크리마에선 24시간 비상 대기 상태이기 때문이다.

대신, 대뜸 물었다.

"병원 좀 돌아봐도 돼요?"

"……"

김광석은 그를 게슴츠레 쳐다봤다.

그러자 도수가 머쓱하게 덧붙였다.

"여기 이렇게 장식품처럼 가만히 앉아서 기다릴 순 없잖아요."

"…에휴, 알겠다. 대신 절대! 절대로 아까처럼 끼어드는 건 안 돼."

"그럼요, 의사가 이렇게 많은데."

"의사가 없어도!"

"명심할게요."

벌써부터 흥미진진한 미소를 짓는 도수.

김광석은 고개를 절레절레 저었다.

"이렇게 믿음이 안 가니… 물가에 내놓은 애처럼 불안하군."

＊　　　＊　　　＊

대여섯 시간 동안.

도수는 병원 안을 돌아다녔다.

그사이 소독약 냄새에 익숙해졌다. 남들은 '병원 냄새'라며 진저리를 칠 냄새가 오히려 그의 마음을 안정시켰다. 또한 부모님이 입었던 것과 같은 흰색 의사 가운도 마음에 쏙 들었다.

병동을 죽 돌아서 응급실로 내려가자 다시 전쟁터가 펼쳐지고 있었다. 아로대학병원은 병실이 부족하고 응급실이 터져 나갈 만큼 환자들이 끊이지 않고 들이닥쳤던 것이다.

보통 의사를 꿈꾸는 이들이라면 얼굴이 파래져서 도망갈 환경.

그 환경이 도수의 가슴을 뛰게 했다.

'나도 현장에 서고 싶다.'

손이 근질거렸다.

일분일초를 다투는 생과 사의 현장. 순간의 판단에 목숨이 오가고, 때론 피를 뒤집어쓴 채 사람을 살린다.

말 그대로 사투(死闘)다. 죽을힘을 다해 죽음과 싸우는 사투.

두근, 두근, 두근.

심장이 터질 듯 뛰었다.

당장에라도 환자를 향해 달려들고 싶었지만 도수는 참았다. 지금 유혹을 못 이겨 한 발 잘못 디디면 천 길 낭떠러지로 떨어질 수 있다.

그런 의미에서 이곳은 전쟁터보다 위태로웠다.

목에는 김광석이 준 방문증을 걸고 응급실 한가운데서 한참 눈을 못 떼던 도수는 몸을 돌렸다. 어느새 시간이 된 것이다. 김광석과 약속한 시간이.

철컥.

도수는 연구실 문고리를 비틀고 들어갔다.

"저 왔어요."

김광석이 고개를 끄덕였다.

"다 됐다. 첫 오프(OFF: 휴무)구나."

"오신 지 얼마 안 됐잖아요?"

순진무구한 눈으로 묻는 도수. '이런 천국이 있는데 대체 왜 쉬려고 해요?'라고 묻는 듯하다.

김광석은 헛웃음을 지으며 외투를 걸쳤다.

"여긴 전쟁터랑 다르다. 엄연히 표준 근무 시간이란 게 있어."

책상 위 근무표를 훑은 그가 덧붙였다.

"…물론 여기선 무의미한 규칙이지만."

"여긴 라크리마보다 다양한 환자들이 있어요."

"맞다. 치료할 수 있는 여건도 더 좋지."

두 사람이 인사를 받으며 응급실을 나설 때, 곰곰이 생각에 잠겼던 도수가 말했다.

"하지만 모든 환자에게 좋은 환경은 아닌 것 같아요."

김광석의 눈이 빛났다.

"왜지?"

"보험이 뭐예요?"

"……!"

김광석은 깜짝 놀랐다.

도수가 갑자기 '보험'이란 단어로 치고 들어올 줄 꿈에도 몰랐던 것이다.

"보험은 왜?"

"그게 문제가 되더라고요."

"더 자세히 얘기해 봐라. 보험은 비싼 치료비로 인한 경제적 부담을 줄이기 위해 도입된 제도적 장치다."

"하긴, 병원도 땅 파서 장사하는 건 아닐 테니까……."

도수가 중얼거리는 사이.

김광석이 차에 붙은 전단지와 명함들을 떼어내며 대답했다.

"그렇지. 사람을 치료하는 데에는 그만한 돈이 들게 마련이다."

"네. 그 점 때문에 어떤 이들은 최선이 아닌 차선의 치료를 받던데요. 이비인후과 62세 김은옥 환자. 마취 전 심장초음파검사를 할 수 있는 시간이 충분히 있는데 수술 수가에 별도로 책정되지 않아서 검사를 하기가 애매하다네요. 원래 심장 질환이 있을 가능성이 있는 환자에게는 무조건 검사를 하는 편이 안전한데 말이죠. 심폐기능 부전이 온 중환자실 강하늘 환자도 심장과 폐 기능을 일시적으로 대신해 주는 장치(ECMO)를 달고 있는데, 환자가 살아날 경우 보험 적용이 되지만 사망하면 적용이 안 된다고 하더라고요. 어마어마한 비용 때문에 소극적으로 사용하게 되고 그러다 보니 살릴 수 있는 환자가 사망하는 경우도 생긴다고 들었어요. 심은진 환자, 이채은 환자, 김성태 한자도 비슷한 경우고요."

"너……!"

김광석은 너무 놀라서 말을 잇지 못하다가 한참 만에 물었다.

"네가 어떻게 그 환자들을……?"

이 병원에서 근무하는 전문의들도 모든 환자 이름을 외우고 있진 않다. 모든 환자들의 상태를 파악하고 있는 건 더더욱 아니다. 그런데 오늘 단 한 번 병원을 둘러본 도수가 환자 이름과 상태를 정확히 파악하고 있었다. 그것도 각기 다 다른 과에서 치료받고 있는 환자들을.

"모든 과 병동을 다 돌아본 거냐?"

"네."

"그곳 환자들을 얼마나 파악했지?"

"전부 다요."

"전부……!"

김광석은 눈을 부릅떴다. 말도 안 되는 소리라고 소리치고 싶지만 그게 도수이기에 '불가능하다'라고 단정 짓지 못했다. '설마' 하는 마음이 더 앞서는 것이다. 그가 도수이기 때문에.

"천 명이 넘는 환자들을 모두 파악했다고? 한 명도 빠짐없이?"

상식적으로 말이 안 된다.

하지만 도수는 언제나 상식선 밖에 서 있는 인물. 그는 고개를 끄덕였다.

"네. 같은 병동에 입원한 환자들끼리는 비슷비슷한 공통점이 있었고 응급실이나 중환자실 환자들도 저마다 공통분모가 있었어요."

"보통 사람이면 그 사람들 이름도 다 외우기 힘들다."

"그래요?"

도수는 자신의 천재성을 백 퍼센트 모르고 있었다. 아니, 한 십 퍼센트 정도 알까 말까다.

김광석은 그렇게 확신했다.

"그래. 넌 감만 좋은 게 아니라 머리도 좋아. 어쩐지 이상하다 했다. 일반인의 범주에 있는 아이라면 그런 어려운 수술들을 이해하고 외우고 실행할 수 있을 리가 없는 것을."

차에 탄 두 사람.

김광석은 한숨을 내쉬곤 운전대를 잡았다.

"일단은 가자."

"어디 가는 거예요?"

"우리 집."

"네?"

도수가 눈을 동그랗게 뜨자 김광석이 말했다.

"네가 호텔에서 묵으면 기자들이 알아내는 건 식은 죽 먹기다. 우리가 환자를 살리려는 집념만큼 특종에 대해 집착하는 사람들이야. 우리 집도 그리 안전한 건 아니지만 대부분 나를 찾아오는 기자들은 병원으로 오는 데다, 만일의 경우 내가 응대하면 되니까 그나마 지내기 편할 게다."

＊　　　　＊　　　　＊

김광석과 도수가 탄 차는 아파트 단지 안으로 들어갔다. 오래된 아파트였다.

도수는 신기한지 창문에서 시선을 떼지 못하고 있었다.

'티는 안 내도 적응이 안 되겠지.'

김광석은 나름대로 해석하고는 시동을 껐다.

"다 왔다."

차에서 내린 두 사람.

김광석이 입을 뗐다.

"난 그리 환영받는 남편이자 아버지가 아니다. 실은… 한국에 온 뒤로 처음 집에 오는 거야."

"……?"

갑작스러운 고백에 도수가 고개를 돌렸다.

쓸쓸한 미소를 지은 김광석이 덧붙였다.

"미리 알아두라고 얘기하는 거다. 난 늘 가족보다 병원을 먼저 생각했지. 외국에 나갔다 온 지금 이혼이 진행 중이고."

"그런데 저를 데려오셔도 괜찮아요?"

피식 웃은 김광석이 고개를 끄덕였다.

"내 탓에 단련된 것일 수도 있겠지만 이해심이 깊은 사람들이야. 우리 가족은 내게 서운한 거지, 네 사정을 알면서 외면할 사람들이 아니다."

"……"

도수는 할 말을 찾지 못했다.

그러고 있는데 어깨를 툭툭 두드린 김광석이 앞서갔다.

따라서 도수는 말없이 그 뒤를 쫓았다.

엘리베이터를 타고 7층에 내린 그들은 현관 앞에 섰다.

"후우."

숨을 내쉰 김광석이 초인종을 눌렀다.

띵— 동!

"누구세요!"

명랑한 목소리.

철컥, 문이 열리며 한 소녀가 고개를 내밀었다. 도수와 비슷한 또래든가 더 어린 여자아이. 그녀는 김광석을 보더니 활짝 웃었다.

"아빠!"

반기지 않을 거라더니.

두 팔을 벌리고 김광석의 품에 안기는 소녀.

그녀는 한국에 와서도 집보다 병원을 먼저 가 있던 아버지를 껴안더니 고개를 돌리며 감탄사를 뱉었다.

"아!"

우두커니 선 도수.

그리고 김광석의 딸, 김해리의 눈이 마주쳤다.

*   *   *

김해리는 도수를 빤히 쳐다봤다. 그러더니 생긋 웃으며 말했다.

"안녕… 하세요!"

도수는 고개만 까딱였다.

그러자 김해리가 손을 내밀었다.

"아빠한테 얘기 들었어요. 전 열일곱 살이고 김해리예요."

도수는 그 손을 잡지 않고 대답했다.

"이도수. 열아홉 살."

한국 나이로.

뒷말은 생략했다.

김해리는 민망한지 손을 뺐다. 그러고는 김광석에게 고개를 돌리며 말했다.

"아빠, 들어오세요."

먼저 들어가는 그녀.

김광석은 도수의 등을 떠밀며 안으로 들어갔다.

집 안은 밖에서 보던 것과 달리 깔끔하게 정리가 잘되어 있었다.

밥 짓는 냄새가 코끝을 자극했다.

<u>꼬르르르륵.</u>

도수의 배 속에서 비명이 들린다. 배고프다고, 밥 달라고. 하

긴, 천하대병원을 나서고 한 끼도 먹지 못했으니 당연한 생리현상이었다.

김광석은 부엌에서 요리를 하고 있는 아내에게 말했다.

"나 왔어."

몸을 돌린 아내, 임숙영이 대답했다.

"잘 왔어요."

그러더니 도수를 보았다.

"이 아이예요?"

김광석이 고개를 끄덕였다.

"응. 당분간만 부탁할게."

"…그 문제 말인데, 잠깐 얘기 좀 해요."

그녀는 앞치마를 벗으며 안방을 눈짓했다.

고개를 끄덕인 김광석이 함께 들어갔다. 오랜만에 만난 부부의 해후라고 치기에는 시시하고 건조했다.

뒤에 남은 김해리가 눈을 반짝이며 도수를 관찰하고 있었다.

"진짜 전쟁터에서 살았어요?"

도수는 고개를 끄덕였다.

그러자 김해리가 다시 물었다.

"거긴 어때요?"

"나중에."

무뚝뚝하게 대답한 도수는 식탁 의자에 엉덩이를 붙이고 맞은편 액자를 보았다.

김해리가 말했다.

"사이 좋아 보이죠? 지금과 다르게."

도수는 대답하지 않았다. 액자 속에는 김광석과 임숙영의 젊은 시절이 들어 있었다. 그 옆의 액자에는 더 어릴 때의 김해리도 있다.

'가족.'

도수는 가슴속이 울렁거렸다.

눈시울이 뜨거워지거나 이성까지 반응하진 않지만 아직 속에 남은 가족에 대한 감정이 제멋대로 기분을 이상하게 만든다.

그가 혼잣말처럼 중얼거렸다.

"가족은 살아 있다는 것만으로 의지가 되는 거야."

그 목소리에서 묻어나는 건조함이 절절한 미사여구보다 더 와닿았다.

김해리는 쓸쓸한 미소를 지으며 말했다.

"저도 그렇게 생각해요. 오. 빠."

"오빠?"

"저보다 나이 많으면 오빠죠."

씨익 웃는 김해리.

도수는 '오빠'란 단어가 낯설었다. 라크리마에선 서로를 그렇게 부르지 않았기 때문이다. 나이가 많든 적든 이름을 불렀다.

그때 해리가 덧붙였다.

"근데 오빠. 제가 생각했던 것보다 훨씬 잘생겼어요."

도수의 얼굴이 붉어졌다.

＊　　　　　＊　　　　　＊

임숙영은 조금 열어둔 안방 문틈으로 계속 도수를 흘깃거렸다.

그 모습을 보던 김광석이 말했다.

"괜찮아. 나쁜 녀석 아니니까."

"그래도 해리랑 둘이 남겨두기 불안해요."

"학교는 불안해서 어떻게 보내?"

"그게 같아요? 전쟁터에서 자란 아이라면서요. 매일 사람이 죽어나가는 그런 곳에서 지냈는데 어떤 생각을 할지 어떻게 알아요?"

"나도 그곳에서 왔어. 사람 사는 곳이고 도수도 이곳 아이들과 같아. 데려오라고 했으면서 왜 갑자기 이러는 거지?"

"밥이나 먹이려고 했죠."

한숨을 내쉰 임숙영이 말을 이었다.

"당신이야 다시 병원에 가면 그만이지만 여자 둘만 있는 집 안에 어떻게 남자애를 들일 생각을 해요? 해리도 이제 다 컸어요."

"도수는 아직 어려."

"어려도 남자예요. 묵을 곳이 없는 것도 아니고 왜 하필 우리 집이에요?"

"말했잖아. 세간의 관심이 뜨겁다고. 아직 이곳 환경에 적응도 못 한 애야. 잠시 피할 곳이 필요하다고."

"하."

헛바람을 뱉은 임숙영이 고개를 흔들었다.

"우리나 그렇게 신경 써보지……."

"그 얘기라면 내가 입이 열 개라도 할 말이 없어. 미안하다."

"할 말이 있으면 안 되죠. 아니, 할 말이 없어도 안 되고. 나야 모르고 결혼한 것도 아니니 그렇다 치고, 해리한테는 충분한 설명을 해줬어야 했어요."

"밝아 보이는데……."

"그런 척하는 거죠. 성숙한 애니까."

김광석은 그림자 진 얼굴로 고개를 끄덕였다.

"미안해."

"아무튼, 다 큰 남자애를 들이는 건 안 돼요. 그렇게 알아요."

통보한 임숙영은 대답을 듣지도 않고 방을 나가 버렸다. 아무일 없는 듯 음식을 차리는 그녀.

방 문턱 너머 세 사람의 모습을 바라본 김광석은 깊은 한숨을 뱉었다. 방 안과 밖. 그의 처지가 이처럼 동떨어진 것처럼 느껴졌다.

*　　　　　*　　　　　*

한편, 도수는 식탁에 펴진 참고서를 발견했다. 김광석을 마중나오기 전 해리가 풀던 문제집이다. 그녀는 고등학교 일 학년이었지만 참고서는 삼 학년 것이었다.

"……."

해리가 옆에 와서 기웃거렸다.

"어렵죠? 제가 알려줄까요?"

도수는 대답 없이 참고서 옆에 놓인 펜을 들고 참고서를 풀기 시작했다. 한 문제를 풀고 다음 문제로 넘어가는 데 30초도 걸리지 않는다. 해리가 정답을 확인할 새도 없이 거침없이 풀어 내려가고 있는 것이다.

해리는 눈을 치떴다.

"어떻게……."

스륵.

다음 장으로 넘긴 도수가 문제를 풀었다.

해리는 입을 딱 벌렸다.

"말도 안 돼."

저절로 감탄사가 튀어나왔다.

차라리 영어 과목 문제집이었다면 이해나 했을 것이다. 외국에서 오래 살다 왔다고 했으니. 그런데 지금 도수가 풀고 있는 건 일상생활과는 전혀 상관이 없는 수학 문제들이었다. 다 틀릴걸 각오하고 막 찍는다고 해도 이렇듯 단숨에 풀 수 있는 문제가 아닌 것이다.

"잠깐만……!"

낱장이 넘어가려는 걸 손으로 붙잡은 해리가 물었다.

"정답 확인부터 해도 돼요?"

"다 맞았어."

간결한 도수의 대답.

해리가 되물었다.

"확실해요?"

"……."

도수는 낱장을 놓고 펜을 내려놨다.

"내가 가르쳐 줘야 할 것 같은데."

그는 문제집 옆, 해리의 오답 노트를 눈짓했다. 그 시선을 좇다가 화들짝 놀란 해리가 황급히 노트를 감췄다.

"으익! 다 봤어요?"

"뭘?"

"몇 점인지……."

"그건 모르겠고 비가 내리던데. 아주 장마가……."

"그만!"

입술에 검지를 붙인 해리가 찡그린 표정으로 변명했다.

"그래도 전 제 나이보다 훨씬 어려운 문제들을 푸는 거거든요?"

"그럴 리가."

"진짜로요!"

"그래?"

도수가 미심쩍게 중얼거렸다.

"난 열 살 때 풀었던 건데……."

"넷?! 열 살???"

해리는 자기 귀로 듣고도 잘못 들었나 의심했다.

"고 삼 수학을 열 살 때 뗐다고요? 오빠 천재예요? 무슨 영재 그런 거?"

그랬었나?

잘 기억나진 않지만 공식적인 영재는 아니었다.

"습득력이 빠른 편이긴 해."

"그 정도로 되는 게 아니라고요… 습득력은 저도 빠르거든요."

"못 믿겠지만."

"좀 믿어요. 레알, 진짜니까."

"그래."

"전혀 못 믿는 표정인데."

"강요하지 말아줬으면 좋겠는데."

"흥. 어디, 얼마나 잘 풀었나 한번 보자고요……!"

두고 보자는 듯 채점을 하는 해리. 그러나 문제가 넘어갈 때마다 그녀의 표정은 묘하게 바뀌었다.

"…진짜네."

"……."

"진짜 만점이라고요."

"알고 있어."

"진짜 만점이라니까요?"

도수는 피식 웃었다.

"이게 그렇게 신기해할 만한 일인가?"

"네."

고개를 크게 끄덕인 해리가 말했다.

"만약 학교 쌤들이 봤으면 기절초풍하셨을 거예요."

그때였다.

임숙영이 반찬을 날라서 식탁의 빈자리를 채우며 물었다.

"둘이 무슨 얘길 그렇게 재밌게 해요?"

"엄마!"

"응?"

임숙영이 묻자, 해리가 외계인을 본 표정으로 도수를 눈짓하며 말했다.

"이 오빠 엄청 어려운 수학 문제를 다 맞혔어요."

"어떻게?"

임숙영이 도수를 보고 물었다.

"타지에서 공부도 했었어요?"

도수는 고개를 저었다.

"열 살 때 풀었던 게 기억나서요."

"고 삼 걸 열 살 때 풀었다고요?"

임숙영은 해리가 보였던 반응을 녹화해서 다시 틀어놓은 것처럼 똑같이 반응했다.

다시 설명해야 하나, 도수가 막 난감해지려는 찰나.

방에서 나온 김광석이 함께 반찬을 나르며 말했다.

"다들 못다 한 얘긴 밥 먹으면서 하자고. 그리고 여보."

좋은 생각이 났는지 눈을 반짝인 그가 임숙영의 귓가에 대고 속삭였다.

"내가 경황이 없어서 말을 못 했는데 도수는 천재야. 우리 딸 학업에 도움을 줄 수 있단 말이지."

"아무리 그래도……."

"해리 학원도 안 다니잖아? 과외도 안 하고. 독학보단 배울 사람이 있는 게 낫지 않겠어?"

그러나 그 한마디는.

김광석이 둔 최악의 악수(惡手)였다.

잠자는 사자의 코털을 건드린 것이다.

"맨날 환자들 병원비나 내주고, 우리 딸이 누구 때문에 아등바등 독학하는데!"

"아뿔싸."

"아뿔싸는 무슨 아뿔싸예요? 얼른 반찬이나 날라요!"

김광석은 어두운 표정으로 오래된 가스레인지에 올라간 찌개를 푸러 갔다.

그때 두 사람을 올려다보고 있던 해리가 자리에서 일어나며 말했다.

"저도 도울게요. 그리고요……."

임숙영이 쳐다보자.

그녀가 말을 이었다.

"도수 오빠 받아주세요오, 엄마."

"……."

"제 촉인데 좋은 오빠 같아요."

한쪽 눈을 앙증맞게 감으며 조르는 해리.

임숙영은 크게 한숨을 내쉬었다.

"한번 생각해 보자."

그러고는 도수에게 고개를 돌린다.

"너무 불편하게 생각하진 말아요. 우리도 식구가 한 명 더 느는 문제니까 신중할 수밖에 없어. 아무래도 애 아빠 나가고 나면 여자만 둘인데 서로 불편하지 않을까 걱정되기도 하고요."

"괜찮습니다."

미미한 미소를 입에 문 도수가 덧붙였다.

"배 채워주시는 것만으로도 감사한데 누가 될 순 없죠."

"어쩌려고?"

김광석이 묻자.

도수가 자신만만하게 대답했다.

"난민 생활만 7년을 했는데 설마 제 몸 하나 건사 못 하려고요. 이렇게까지 해주시길 바라고 드린 부탁이 아닌데 괜히 난처하게 해드린 것 같아 죄송합니다."

"우와… 말 잘하네요?"

해리는 색다른 모습에 신기한 표정을 지었다. 도수가 이렇게 예의 바르게 말을 잘하는지 몰랐던 것이다. 그건 도수와 오래 함께 있었던 김광석도 마찬가지였다.

"그러게 말이다. 나도 처음 알았다. 이렇게 예의 바른 녀석인지……."

도수는 쓴웃음을 지었다. 그 역시 적응의 동물이니 라크리마에서의 모습과 달라지려고 노력하는 것이다.

"뭐 어쨌든, 제 걱정은 마세요."

그들은 오래도록 식사를 했다. 김광석은 라크리마에서의 이야기를 굳이 입에 담으려 하지 않았다. 그 일로 임숙영과의 불화가 절정에 치달았기에 그들 모두 그 일과 관련된 내용을 입 밖에 내지 않았다. 그 덕에 도수 역시 지옥 같았던 과거를 떠올리지 않아도 돼서 좋았다.

그렇게 시간이 지나고.

수저를 내려놓은 도수가 말했다.

"식사 맛있게 했습니다."

그러고는 드르륵, 의자를 밀며 자리에서 일어나 고개를 꾸벅 숙인다.

"전 이만 가볼게요."

"아……."

해리는 안타까운 의미의 탄성을 흘리며 초조하게 임숙영 눈치만 봤다. 임숙영도 갈등하는 표정이었지만 아직 결정하진 못했는지 뭐라고 잡진 않았다.

그사이 김광석이 지갑에서 카드를 꺼내 주며 말했다.

"아파트 단지 건너편에 호텔이 하나 있다. 일단 거기 가 있어. 내일 아침에 다시 얘기하자."

도수는 카드를 받았다.

"은혜는 갚을게요."

"그래."

"감사했습니다."

"혼자서 호텔까지 찾아갈 수 있겠어요?"

임숙영이 묻자 도수는 고개를 끄덕였다.

"물론입니다. 유랑 생활만 7년을 했는데요."

위풍당당하게 대답한 도수는 현관을 나섰다.

그렇게 세 시간 후.

도수는 덜덜 떨며 현관 앞에 돌아왔다.

"……."

한국은 라크리마보다 훨씬 추웠다.

그리고 아파트 단지는 어떤 미로보다 복잡했다.

혹한 속을 빙빙 돌다가 제자리에 온 것이다.

띵― 동!

도수가 벨을 누르자 머지않아 현관문이 열렸다.

"아니, 호텔로 안 가고 왜 여기……."

김광석은 덜덜 떨고 있는 도수의 행색을 보고 대략적인 상황을 짐작할 수 있었다.

"······"

"제가 잘못 생각했습니다."

"······"

"여긴 뭐죠? 반군 기지보다 더 복잡한 곳이에요."

"······"

고개를 저은 김광석이 문을 활짝 열며 말했다.

"일단 들어와라. 차라리 잘됐어. 안 그래도 가족회의 끝에 널 받아들이기로 했다. 그리고 대한의사협회에 있는 내 친구한테 전화가 왔다. 네가 여기 있는 줄 알고 한 연락은 아니지만··· 협회 임원진 대다수를 차지하는 천하대병원 과장들이 네가 국시에 응시할 수 있도록 특별 자격 부여 안건을 추진하고 있다더구나."

『레저렉션』 2권에 계속···

초대형 24시 만화방

신간 100%, 샤워실, 흡연실, 수면실(침대석), 커플석, 세탁기 완비

■ 광명 광명사거리역점 ■

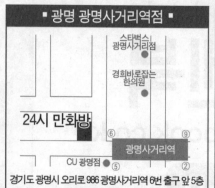

경기도 광명시 오리로 986 광명사거리역 6번 출구 앞 5층
02) 2625-9940 (솔목타워 5층)

■ 강북 노원역점 ■

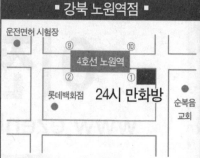

서울 노원구 상계동 340-6 노원역 1번 출구 앞 3층
02) 951-8324 (화용빌딩 3층)

■ 일산 정발산역점 ■

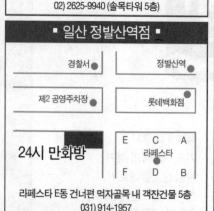

라페스타 E동 건너편 먹자골목 내 객잔건물 5층
031) 914-1957

■ 일산 화정역점 ■

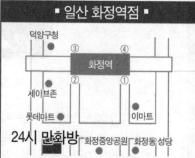

경기도 고양시 덕양구 화정동 984번지 서일빌딩 7층
031) 979-4874 (서일사우나 건물 7층)

■ 부천 역곡역점 ■

역곡남부역 기업은행 건물 3층
032) 665-5525

■ 부평역점 ■

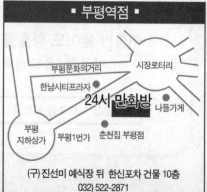

(구) 진선미 예식장 뒤 한신포차 건물 10층
032) 522-2871